La Muchacha de los Ojos de Oro

Por

Honoré de Balzac

La Muchacha de los Ojos de Oro

FISONOMÍAS PARISINAS

Uno de los espectáculos que más espanto puede causar es, sin duda alguna, el aspecto general del vecindario parisino, gente feísima de ver y de color quebrada, gente amarilla y curtida. ¿No es acaso París un campo amplísimo que trastorna continuamente una tempestad de intereses bajo la que gira el torbellino de una cosecha de hombres que la muerte siega con mayor frecuencia que en otros lugares y vuelven a nacer en idéntica estrechez, hombres cuyos rostros enrevesados y tortuosos rezuman por todos los poros el alma, los deseos, los venenos que preñan sus cerebros, no ya rostros, sino máscaras, máscaras de flaqueza, máscaras de fuerza, máscaras de miseria, máscaras de alegría, máscaras de hipocresía, todas ellas exhaustas, todas ellas impregnadas de las marcas indelebles de una anhelante avidez? ¿Qué ansían? ¿Oro o placer?

Unos cuantos comentarios referidos al alma de París pueden aclarar la causa de su fisonomía cadavérica que solo tiene dos edades, la juventud o la caducidad: juventud lívida y descolorida, caducidad que quiere aparentar juventud con afeites. Al ver a estos desenterrados, los forasteros, que no tienen obligación alguna de cavilar, notan de entrada un impulso de asco a esa capital, extenso taller de goces, de la que pronto tampoco podrán zafarse y donde se quedan de buen grado para desfigurarse en ella. Bastarán pocas palabras para aportar la justificación fisiológica de la tez casi infernal de los rostros parisinos, pues si a París se le da el nombre de infierno no es únicamente por chanza. Dé el lector esa palabra por cierta. Todo humea en París, todo arde, todo reluce, todo hierve, todo se quema, se evapora, se extingue, vuelve a prender, chisporrotea, crepita y se consume. Nunca hubo vida más ardiente en comarca alguna, ni más abrasada. Esta naturaleza social, siempre en estado de fusión, parece decirse, tras rematar cada obra: ¡Vamos por la siguiente!, tal y como lo hace la propia naturaleza. De la misma forma que la naturaleza, esta naturaleza social tiene que ver con insectos, flores de un día, bagatelas, cosas efímeras, y por su cráter salen también despedidos fuego y llamas. Es posible que, antes de analizar las causas que prestan una fisonomía peculiar a todas y cada una de las tribus de esta nación inteligente y cambiante, debamos indicar cuál es el motivo general que priva de color y torna pálidos, cárdenos y más o menos cetrinos a los individuos.

A fuerza de interesarle todo, al parisino acaba por no interesarle nada. No hay sentimiento que prevalezca en su rostro, que el roce desgasta y que se vuelve gris como el yeso de las casas sobre el que caen toda suerte de polvos y humos. Pues, indiferente ayer a lo que va a exaltarlo mañana, el parisino vive como un niño, tenga la edad que tenga. De todo rumorea, de todo se consuela, de todo se chancea, todo lo olvida, todo lo quiere, todo lo prueba, por todo se apasiona, todo lo abandona despreocupadamente: sus reyes, sus conquistas, su gloria, su ídolo, bien sea de bronce o bien de cristal, de la misma forma que desecha las medias, los sombreros o la fortuna. En París no hay sentimiento que resista el surtidero de las cosas, y esa misma corriente impone una lucha que afloja las pasiones: allí el amor es un deseo, y el odio una veleidad; no hay más pariente verdadero que el billete de mil francos, ni más amigo que el Monte de Piedad. Tan generalizada desidia da sus frutos y, tanto en los salones cuanto en la calle, nadie sobra, ni nadie es realmente útil ni completamente nocivo, ni los tontos y los bribones ni las personas de talento y probidad. Todo se tolera: el gobierno y la guillotina, la religión y el cólera. A esta gente todos le parecen bien; pero a nadie echa de menos. ¿Quién reina, pues, en esa tierra que no tiene ni conducta moral, ni creencias, ni sentimiento alguno, pero de donde salen y adónde van a parar todos los sentimientos, todas las creencias y todas las conductas? El oro y el placer. Que considere el lector estas dos palabras como una luz y recorra con ella esta gran jaula de yeso, esta colmena de arroyos negros, y deambule por los vericuetos del pensamiento que la mueve, la enardece y la labra. Que preste atención. Que se fije primero en quienes nada tienen.

El obrero, el proletario, el hombre que tiene que mover los pies, las manos, la lengua, la espalda, el brazo único, los cinco dedos para vivir es, por supuesto, quien más debería escatimar el principio vital; pero va más allá de sus fuerzas, unce a su mujer a una máquina, agota a su hijo y lo ata a un engranaje. El fabricante, ese hilo secundario —vaya usted a saber cuál— que, cuando se mueve, pone en marcha a quienes, con sus manos sucias, tornean y doran las porcelanas, cosen las levitas y los vestidos, adelgazan el hierro, desbastan la madera, tejen el acero, solidifican el cáñamo y el hilo, satinan los bronces, festonean el cristal, imitan las flores, bordan la lana, doman los caballos, trenzan los arneses y los galones, cortan el cobre, pintan los carruajes, recortan los olmos viejos, embobinan el algodón, ahuecan los tules, corroen el diamante, bruñen los metales, convierten en láminas el mármol, pulimentan los guijarros, acicalan el pensamiento, colorean, blanquean y ennegrecen todo, ese jefe adjunto, decía, llegó y le prometió a este gentío hecho de sudor y empeño, de estudio y de paciencia, un salario excesivo, ora en nombre de los caprichos de la ciudad, ora a la voz de mando de ese monstruo cuyo nombre es Especulación. Y entonces esos cuadrúmanos empezaron a pasarse las noches en vela, a padecer, a trabajar, a blasfemar, a ayunar, a caminar; todos se excedieron para ganar el oro que los fascina. Luego, despreocupados del porvenir, ávidos de goces, contando con sus brazos como cuenta el pintor con la paleta, tiran el dinero los lunes, como grandes señores de un día, en esas tabernas que tienen encerrada la ciudad en una ceñida muralla de cieno, el cinturón de la Venus más impúdica, continuamente doblado y desdoblado, en donde se pierde, lo mismo que en el juego, la fortuna periódica de esta gente tan feroz para el placer como sosegada para el trabajo. ¡Así pues, durante cinco días esa parte activa de París no sabe qué es el reposo! Es presa de ademanes que la obligan a retorcerse, crecer, adelgazar, palidecer, brotar en mil surtidores de voluntad creadora. Después, su gusto y su descanso consisten en un fatigoso desenfreno, oscuro de piel, negro de golpes, lívido de borracheras o amarillo de indigestión, que no dura sino dos días, pero roba el pan de mañana, el sustento de la semana, los vestidos de la mujer y los pañales del niño, ambos vestidos de andrajos. Esos hombres, que nacieron sin duda para ser hermosos, pues cualquier criatura posee una belleza relativa, se alistaron desde la infancia bajo el mando de la fuerza, bajo el imperio del martillo, de la cizalla, de la hilatura, y no tardaron en vulcanizarse. ¿No es acaso Vulcano, feo y fuerte, el símbolo de esta fea y fuerte nación, de sublime inteligencia mecánica, paciente cuando le toca serlo, pavorosa un día al siglo, inflamable como la pólvora, a quien el aguardiente da alas para al incendio revolucionario y que es, en fin de cuentas, lo bastante ocurrente para incendiarse con una palabra capciosa que, para ella, siempre equivale a oro y placer? Si consideramos que incluye a todos los que tienden la mano en espera de una limosna, un salario legítimo o esos cinco francos que recibe toda suerte de prostitución parisina, es decir, cualquier cantidad bien o mal adquirida, ese pueblo cuenta con trescientos mil individuos. ¿No es probable que, si no hubiera tabernas, todos los martes derrocaría al gobierno? Afortunadamente, los martes este pueblo está embotado, duerme la mona de su placer, no tiene ya un céntimo y vuelve al trabajo y al pan solo, con el acicate de una necesidad de procreación material que, para él, se convierte en hábito. Cuenta, no obstante, este pueblo, con sus fenómenos virtuosos, sus hombres cabales, sus Napoleones desconocidos, que son prototipo de su fuerza llevada a la más alta expresión y compendian su alcance social en una existencia en donde la acción y el pensamiento se combinan no tanto para aportarle alegría como para regular la acción del dolor.

El azar creó un obrero ahorrativo, el azar lo dotó de pensamiento, pudo mirar al porvenir, conoció a una mujer, se vio padre, y tras unos cuantos años de duras privaciones, se mete en un modesto negocio de mercería, alquila una tienda. Si ni la enfermedad ni el vicio lo detienen en ese camino suyo, si prospera, he aquí el croquis de su existencia normal.

Y, antes que nada, salude el lector a ese rey de la acción parisina, que sometió el tiempo y el espacio. Sí, que salude a ese ser compuesto de nitrato de sosa y gas que surte de hijos a Francia en sus noches laboriosas y, de día, multiplica por varias su individualidad para dar servicio, gloria y placer a sus conciudadanos. Ese hombre resuelve el problema de prestar, a un tiempo, atención suficiente a una gentil esposa, a su hogar, a Le Constitutionnel, a su oficina, a su servicio en la Guardia Nacional, al Teatro de la Ópera y a Dios, pero para convertir en pecunia Le Constitutionnel, la oficina, el Teatro de la Ópera, la Guardia Nacional, y a la esposa y a Dios. Salude el lector, en fin, a un acopiador irreprochable. Se levanta todos los días a las cinco y salva como un pájaro la distancia que separa su domicilio de la calle de Montmartre. Haga viento o truene, llueva o nieve, llega a Le Constitutionnel y espera allí para hacerse cargo de los periódicos cuyo reparto le compete. Recibe con avidez ese pan político, lo coge y lo transporta. A las nueve está en el seno del hogar, le dice una chanza a su mujer, le roba un buen beso, paladea una taza de café y riñe a sus hijos. A las diez menos cuarto, se persona en la Junta de Distrito y, allí, posado en un sillón como un loro en la percha, disfrutando de buena temperatura a expensas de la villa de París, inscribe hasta las cuatro de la tarde, sin concederles ni una lágrima ni una sonrisa, los fallecimientos y los nacimientos de todo un distrito. La dicha y la desdicha del barrio pasan por su plumilla de la misma forma que el espíritu de Le Constitutionnel viajaba hace un rato subido en sus hombros. ¡Nada se le hace gravoso! Camina recto, saca el patriotismo ya hecho del periódico, no le lleva la contraria a nadie, protesta o aplaude con todo el mundo y vive como una golondrina. Como está a dos pasos de su parroquia, puede, en caso de ceremonia importante, dejar en su puesto a un supernumerario e ir a cantar un réquiem junto al pupitre del coro de la iglesia, al que pertenece y cuyo mejor adorno y voz más imponente es él en domingos y festivos, donde tuerce con energía la ancha boca para atronar con un jubiloso Amén. Se queda libre a las cuatro del servicio oficial y aparece, para prodigar a manos llenas alegría y buen humor, en el comercio más famoso de l'Île de la Cité. Dichosa su mujer, pues no le da tiempo a ser celoso; es más hombre de acción que de sentimientos. Así que, no bien llega, galantea a las dependientas, cuyas vivaces miradas atraen a no pocos parroquianos, se solaza entre la ropa, las pañoletas, la muselina a la que dan forma tan hábiles operarias; o, con mayor frecuencia, antes de cenar, atiende a un cliente, copia una página del diario o le lleva al agente judicial algún efecto atrasado. A las seis, un día de cada dos, está, fiel, en su puesto. Barítono inamovible de los coros, acude al Teatro de la Ópera, dispuesto a ser soldado, moro, prisionero, salvaje, campesino, sombra, pata de camello, león, demonio, genio, esclavo, eunuco, negro o blanco, siempre experto en la creación de gozo, dolor, compasión, asombro, en lanzar gritos invariables, en callarse, en cazar, en pelear, en representar a Roma o a Egipto; pero es siempre, in petto, mercero. A las doce de la noche, vuelve a ser buen marido, hombre, padre tierno; se mete en el lecho conyugal, con la imaginación tensa aún debido a las formas decepcionantes de las ninfas de la Ópera, y hace de ese modo redundar en provecho del amor conyugal las depravaciones del mundo y los voluptuosos movimientos de las piernas de la Taglioni. Y, por fin, si es que duerme, duerme deprisa y despacha el sueño con la misma premura que despacha la vida. ¿No es acaso el movimiento hecho hombre, la encarnación del espacio, el Proteo de la civilización? Ese hombre lo resume todo: historia, literatura, política, gobierno, religión, arte militar. ¿No es acaso una enciclopedia viva, un atlas grotesco, siempre en marcha, como París, y que nunca descansa? Es todo piernas. No hay fisonomía que pueda conservarse pura con semejantes trabajos. Es posible que a algunos filósofos con buenas rentas les parezca más feliz que el mercero el obrero que muere, viejo ya, a los treinta años, con el estómago encallecido por las dosis progresivas de aguardiente. Uno se muere de golpe y el otro se va muriendo al por menor. Como si fueran otras tantas granjas, a sus ocho ocupaciones, a sus hombros, a su garganta, a sus manos, a su mujer y a su comercio les saca hijos, unos cuantos miles de francos y la más laboriosa dicha que haya fraguado nunca el corazón de un hombre. Esa fortuna y esos hijos, o los hijos en que para él se resume todo, se convierten en presa del mundo superior, al que lleva su dinero y a su hija, o a su hijo, educado en un internado y que, más instruido que el padre, alza a mayor altura las ambiciosas miradas. El hijo menor de un modesto detallista aspira con frecuencia a ser alguien en el Estado.

Esta ambición nos lleva el pensamiento a la segunda de las esferas parisinas. Suba el lector un piso y vaya al entresuelo; o baje del desván y quédese en el cuarto; en resumen, introdúzcase entre la gente que tiene algo; el resultado es aquí el mismo. Los comerciantes al por mayor y sus dependientes, los empleados, la gente de banca pequeña y probidad grande, los pillos, las almas en pena, los encargados y los mozos, los pasantes del agente judicial, del procurador y del notario, los miembros, en fin, activos, pensantes, especulativos de esa pequeña burguesía que muele los intereses de París y vela por su grano, acapara los víveres, almacena los productos que fabrican los proletarios, entonela la fruta del Sur, los pescados del océano, los vinos de todos los taludes a los que mima el sol, que alarga las manos hacia Oriente y se trae de allí los chales que desdeñaron los turcos y los rusos, que va a cosechar hasta las Indias, se acuesta para esperar la venta, aspira al beneficio, descuenta los efectos, hace circular y cobra todos los valores, embala al por menor París entero, lo traslada, está al acecho de las fantasías de la infancia, espía los caprichos y los vicios de la edad madura, les saca el jugo a sus enfermedades, pues bien, todos los miembros de esa burguesía, sin beber aguardiente como el obrero y sin ir a revolcarse en el cieno de las tabernas de las afueras, abusan también de sus fuerzas, tensan en exceso el cuerpo con el coraje y el coraje con el tiempo, se consumen de deseos, se quebrantan en idas y venidas precipitadas. En ellos, la torsión física acontece bajo el látigo de los intereses, bajo el mayal de las ambiciones que torturan a las escalas superiores de esta ciudad monstruosa, de la misma forma que la de los proletarios acaeció bajo el péndulo cruel de los productos materiales que ansía incesantemente el despotismo del yo lo quiero aristócrata. También aquí, en consecuencia, para obedecer a ese amo universal, el placer o el oro, hay que devorar el tiempo, exprimir el tiempo, sacar más de veinticuatro horas del día y de la noche, perder los nervios, matarse, vender treinta años de ancianidad por dos años de un descanso enfermizo. Solo el obrero muere en el hospital, cuando ya se ha consumado su último plazo de encanijamiento, mientras que el ciudadano de clase media se empecina en vivir y vive, pero en estado de cretinismo; nos lo encontramos con el rostro desgastado, chato, viejo, sin luz en los ojos, sin firmeza en las piernas; y se arrastra con expresión pasmada por el bulevar, ese cinturón de Venus de su amada ciudad. ¿Qué quería el burgués? El yesquero del guardia nacional, un puchero inmutable, un sitio decente en el cementerio de Le-Père-Lachaise y, para la vejez, algo de oro legítimamente ganado. El lunes suyo es el domingo; su descanso, el paseo en coche de alquiler, la salida al campo durante la que la mujer y los niños tragan polvo jubilosamente o se achicharran al sol; su taberna de las afueras es el dueño del restaurante cuya venenosa cena tenga fama, o algún baile de familia en el que se asfixia uno hasta las doce de la noche. A algunos pánfilos los asombra el baile de San Vito que padecen las mónadas que nos muestra el microscopio en una gota de agua, pero ¿qué diría el Gargantúa de Rabelais, ese personaje de sublime audacia incomprendida, qué diría ese gigante caído de las esferas celestiales si se entretuviera en contemplar el movimiento de esta segunda vida parisina, uno de cuyos procederes he aquí? ¿Conoce el lector algunas de esas casetas frías en verano y sin más hogar que una estufilla en invierno, sitas bajo el amplio casquete de cobre que hace de cubierta al mercado central del trigo? La señora está allí desde por la mañana, es subastadora al por mayor del mercado y gana en ese oficio doce mil francos al año. El señor, cuando se ha levantado ya la señora, se mete en un oscuro gabinete en donde hace préstamos a corto plazo y con usura a los comerciantes del barrio. A las nueve, está en la oficina de pasaportes, donde es uno de los jefes adjuntos. A última hora de la tarde está en la taquilla del Théâtre Italien o de cualquier otro teatro que el lector tenga a bien escoger. A los niños los dan a criar fuera y regresan a casa para ir al colegio o a un internado. El señor y la señora viven en un tercero, no tienen más que una cocinera, dan bailes en un salón de doce pies por ocho iluminado con quinqués; pero dotan a su hija con ciento cincuenta mil francos y se retiran a los cincuenta años, edad en la que se los empieza a ver en la Ópera, en los palcos de tercer piso; en un coche de punto en Longchamp; o, con ajado atuendo, todos los días soleados, en los bulevares, que son la espaldera de esos frutos. Los aprecian en el barrio, el gobierno los quiere, son los aliados de la alta burguesía. A los sesenta y cinco años al señor le conceden la cruz de la Legión de Honor y el padre de su yerno, teniente de alcalde de un distrito, lo invita a los saraos que da. De esas tareas de toda una vida sacan, pues, provecho unos hijos a quienes esta clase media tiende de forma fatal a encumbrar hasta la alta burguesía. Todas y cada una de las esferas arrojan así su fruto al completo hacia la esfera superior. El hijo del rico abacero se hace notario, el hijo del comerciante en madera acaba de magistrado. No hay ni un diente que no encaje en el correspondiente engranaje y todo ello estimula el movimiento ascendente del dinero.

Henos ya pues en el tercer círculo de este infierno que es posible que halle algún día a su Dante. En este tercer círculo social, algo así como un vientre parisino que digiere los intereses de la ciudad y en donde éstos se condensan bajo esa forma a la que se da el nombre de negocios, un agrio y bilioso movimiento intestinal hace bullir y remueve a la muchedumbre de procuradores, médicos, notarios, abogados, negociantes, banqueros, comerciantes poderosos, especuladores y magistrados. Se hallan ahí más motivos aún para la destrucción física y moral que en cualquier otro sitio. Casi todas esas personas viven en estudios infectos, en pestilentes salas de audiencia, en diminutos gabinetes con rejas; se pasan el día doblados bajo el peso de los negocios, se levantan al alba para no perder el compás, para no consentir que los desvalijen, para ganarlo todo o para no perder nada, para embargar a un hombre o el dinero de ese hombre, para enjaretar o desenjaretar un negocio, para sacarle partido a una circunstancia esquiva, para mandar colgar o para absolver a un hombre. Las pagan con los caballos, los agotan, no les dan cuartel, les envejecen también a ellos las patas antes de tiempo. El tiempo es su tirano, no les llega, se les escabulle; no pueden ni alargarlo ni encogerlo. ¿Qué alma puede seguir siendo grande, pura, moral y generosa y, por consiguiente, qué rostro sigue siendo hermoso en el depravador ejercicio de una profesión que fuerza a soportar el peso de las miserias públicas, a analizarlas, sopesarlas, calibrarlas, someterlas a talas regulares? Personas así… ¿dónde dejan el corazón? No lo sé; pero en alguna parte lo pondrán, si es que lo tienen, antes de bajar todas las mañanas hasta lo hondo de las penas que compungen a las familias. No existen misterios para ellos, contemplan el envés de la sociedad de la que son confesores, y la desprecian. Ahora bien, hagan lo que hagan, a fuerza de habérselas con la corrupción, le cogen aversión y se afligen; o, por cansancio, por secreto trato, se desposan con ella; y, por último, no les queda más remedio que volverse indiferentes a cualquier sentimiento, pues las leyes, los hombres y las instituciones los obligan a volar como grajillas por encima de los cadáveres tibios aún. El hombre de dinero pesa a todas horas a los vivos; el hombre de los contratos pesa a los muertos; el hombre de ley pesa la conciencia. Como se ven en la obligación de hablar continuamente, todos sustituyen la palabra a la idea, la frase al sentimiento, y el alma se les vuelve laringe. Se desgastan y se desmoralizan. Ni el gran negociante, ni el juez, ni el abogado conservan el recto sentido: ya no sienten, aplican las normas, que fuerzan las especies. Los arrastran sus torrenciales existencias y no son ni maridos, ni padres, ni amantes; resbalan en trineo por las cosas de la vida y, a todas horas, viven al empuje de los negocios de la urbe. Cuando regresan a casa, los requieren para ir al baile, a la Ópera, a fiestas donde conseguirán clientes, conocidos, protectores. Todos comen de forma desmesurada, juegan, trasnochan, y los rostros se ponen llenos, chatos, enrojecidos. A tan tremendo gasto de fuerzas intelectuales, a contracciones morales tan múltiples, contraponen no el placer, cosa en exceso desvaída y sin contraste alguno, sino el desenfreno, desenfreno secreto y pavoroso, pues tienen todo a su disposición y dictan la ética de la buena sociedad. Su estupidez real se oculta tras una ciencia particular. Entienden de su oficio, pero ignoran cuanto no pertenece a ese oficio. En consecuencia, para salvaguardar el amor propio, lo ponen todo en tela de juicio, critican a más y mejor; parece que dudan y en realidad son papanatas, anegan el entendimiento en sus interminables debates. Casi todos adoptan sin mayores complicaciones los prejuicios sociales, literarios o políticos, para ahorrarse el tener opinión, de la misma forma que colocan las conciencias a buen recaudo de la ley o del tribunal de comercio. Se ponen pronto en camino de ser hombres notables y se tornan mediocres y reptan sobre las eminencias del mundo. Y se les ve, por lo tanto, en la cara esa agria palidez, esos tonos falsos, esos ojos velados y con ojeras, esas bocas charlatanas y sensuales en las que el observador reconoce los síntomas del pensamiento bastardeado y las vueltas que va dando por el circo de una especialización que mata las facultades generadoras del cerebro, el don de ver a lo grande, de generalizar y de deducir. Casi todos se engurruñan en el abrasador horno de los negocios. Y por eso un hombre que se haya dejado atrapar en la trituración o en el engranaje de esas gigantescas maquinarias no puede llegar a ser grande. Si es médico, o poco ha practicado la medicina o es una excepción, un Bichat que muere joven. Si algo le queda de gran negociante, encarna casi a Jacques Cœur. ¿Acaso ejerció Robespierre? Danton era un vago que estaba a la espera. Pero ¿quién, por lo demás, ha envidiado nunca las figuras de Danton y Robespierre por muy altaneras que fuesen? Esos afanosos por excelencia atraen el dinero y lo acumulan para aliarse con las familias aristocráticas. Si la ambición del obrero es el hombre de clase media, aquí vuelven a darse las mismas pasiones. En París, la vanidad resume todas las pasiones. El prototipo de esta clase podría ser bien el burgués ambicioso, quien, tras una vida de angustias y maniobras continuas se cuela en el Consejo de Estado igual que una hormiga se cuela por una rendija, bien cualquier redactor de periódico, hábil en intrigas, a quien el rey nombra senador, quizá para vengarse de la nobleza, bien cualquier notario que ha llegado a teniente de alcalde de su distrito, personas todas a quienes los negocios han planchado y que, si alcanzan su meta, la alcanzan matados. Lo que se lleva en Francia es la entronización de los carcamales. Napoléon, Luis XIV, solo los grandes monarcas quisieron siempre gente joven para que realizasen sus propósitos.

Por encima de esa esfera, vive la sociedad de los artistas. Pero también en este caso los rostros, marcados con el sello de la originalidad, están quebrantados, con nobleza, pero quebrantados, cansados, sinuosos. Los artistas de París, a quienes agobia la necesidad de producir, rebasan sus onerosos caprichos, los fatiga un genio devorador, los acosa el hambre de placeres, pretenden todos recuperar con excesivos afanes las lagunas que abrió su pereza e intentan en vano conciliar la vida social y la fama, el dinero y el arte. En sus comienzos, el artista anda siempre sin resuello bajo la opresión del acreedor; sus necesidades engendran deudas y sus deudas les quitan sus noches. Tras el trabajo, el placer. El cómico interpreta su papel hasta media noche, estudia por la mañana, ensaya a mediodía; al escultor lo encorva el peso de la estatua; el periodista es un pensamiento en marcha, igual que el soldado en guerra; el pintor de moda no puede con tanto trabajo, el pintor sin ocupación se consume las entrañas si nota en sí la genialidad. La competencia, las rivalidades, las calumnias asesinan esos talentos. Los hay que, desesperados, bajan rodando los abismos del vicio; los demás mueren jóvenes e ignorados por haberse cobrado el porvenir de antemano y demasiado pronto. Pocos rostros de esos, primitivamente sublimes, siguen siendo hermosos. Por lo demás, la refulgente belleza de esas caras nadie la comprende nunca. Un rostro de artista es siempre exorbitante, siempre se halla más allá o más acá de los rasgos admitidos para eso que los estúpidos llaman el ideal de hermosura. ¿Qué poder los destruye? La pasión. Toda pasión se resuelve en París en dos palabras: oro y placer.

¿No respira el lector ahora? ¿No nota purificados el aire y el espacio? Aquí ni tareas ni penalidades. La remolineante voluta del oro ha alcanzado las cumbres. Desde lo hondo de los tragaluces donde comienzan sus canalillos desde lo hondo de las tiendecillas donde lo detienen raquíticas ataguías, desde el seno de las factorías o de las oficinas de envergadura donde se deja poner en barras, bajo forma de dote o de herencia, venido de la mano de las doncellas o por las manos huesudas del anciano, llega como un surtidor hacia la casta aristocrática, donde brilla, se despliega, chorrea. Pero, antes de dejar atrás los cuatro ámbitos en que se sustentan los grandes propietarios parisinos, ¿no es acaso menester, tras las ya citadas causas éticas, deducir las causas físicas y llamar la atención sobre una peste subyacente, por decirlo de algún modo, que obra incesantemente en los rostros del portero, del tendero, del obrero y señalar una influencia deletérea cuya corrupción no es menor que la de los administradores parisinos que tienen la tolerancia de consentir que persista? Si el aire de las casas donde vive la mayoría de los burgueses es repugnante, si el ambiente de las calles escupe crueles miasmas en trastiendas donde el aire se enrarece, sepa el lector que, además de esa pestilencia, las cuarenta mil casas de esta urbe tienen metidos los pies en inmundicias que el poder no se ha propuesto aún cercar de verdad con muros de hormigón para impedir que el cieno más fétido se filtre por el suelo, envenene los pozos y le conserve subterráneamente a Lutecia su célebre nombre. Medio París duerme entre las emanaciones pútridas de los patios, de las calles y de los albañales. Pero lleguemos a los amplios salones ventilados y dorados, a los palacetes con jardín, a la sociedad rica, ociosa, dichosa y con rentas. La vanidad marchita y carcome allí los rostros. Nada real hay en esos lugares. ¿Buscar el placer no es hallar el hastío? La gente de mundo extenúa muy pronto su naturaleza. Como solo se dedican a fabricarse alegría, no tardan en abusar de sus sentidos de la misma forma que el obrero abusa del aguardiente. El placer es igual que algunas sustancias médicas: para conseguir de forma constante los mismos efectos, hay que doblar la dosis; y en la última van la muerte o el embrutecimiento. Todas las clases inferiores se agazapan ante los ricos y acechan sus gustos para convertirlos en vicios y aprovecharlos al máximo. ¿Cómo resistirse a las hábiles seducciones que se urden en este país? Por eso tiene París sus theriakis para quienes el juego, la gastrolatría o las cortesanas son un opio. Por eso pueden verse muy pronto en esas gentes gustos y no pasiones, fantasiosos caprichos novelescos y amores frioleros. Reina ahí la impotencia; no hay ya ahí ideas, se han ido, igual que la energía, en melindres de gabinete, en monerías femeninas. Hay mozalbetes de cuarenta años, sesudos doctores de dieciséis. Los ricos hallan en París ingenio ya elaborado, ciencia ya masticada, opiniones ya expresadas, que los dispensan de tener ingenio, ciencia u opiniones. En ese mundo, la sinrazón va a la par de la debilidad y el libertinaje. Son avaros con el tiempo a fuerza de perderlo. Que nadie busque ahí más afectos que ideas. Tras los abrazos se oculta una honda indiferencia; y tras la cortesía, un continuo desprecio. Nunca se ama al prójimo. Gracias superficiales, muchas indiscreciones, comadreos y, sobre todo, lugares comunes, tal es la base de la lengua que hablan; pero esos desdichados dichosos aseguran que no se reúnen para decir e idear máximas al estilo de La Rochefoucauld, como si no existiera un término medio, con el que ya dio el siglo XVIII, entre lo demasiado lleno y el vacío absoluto. Si algunos hombres que merecen la pena recurren a bromas sutiles y ágiles, nadie las entiende; no tardan en cansarse de dar sin recibir, se quedan en sus casas y dejan que en su terreno imperen los necios. Esta vida hueca, esta espera continua de un placer que nunca llega, este hastío permanente, esta inanidad de la mente, del corazón y del cerebro, esta hartura del gran sarao parisino aparecen en los rasgos y fabrican esos rostros de cartón, esas arrugas prematuras, esa fisonomía de los ricos en donde hace muecas la impotencia, en donde se refleja el oro y de donde ha huido la inteligencia.

Esta perspectiva del París espiritual demuestra que el París físico no puede ser sino lo que es. Esta ciudad con diadema es una reina que, siempre preñada, tiene antojos irresistiblemente rabiosos. París es la cabeza del orbe, un cerebro que revienta de genialidad y dirige la civilización humana, un gran hombre, un artista que crea sin cesar, un político con visión segunda, y no le queda más remedio que tener las arrugas del cerebro, los vicios del gran hombre y los caprichos fantasiosos del artista y estar de vuelta de todo como el político. En su fisonomía se sobreentienden la germinación del bien y del mal, el combate y la victoria; la batalla ética de 1789, cuyas trompetas resuenan aún en todos los rincones del mundo; y también el abatimiento de 1814. ¡Esta ciudad no puede, pues, ser más ética, ni más cordial, ni más limpia que la caldera motriz de esos estupendos piróscafos que admiramos cuando cortan las aguas! ¿No es acaso París un sublime bajel cargado de inteligencia? Sí, su escudo de armas es uno de esos oráculos que se permite a veces la fatalidad. La VILLA DE PARÍS tiene el palo mayor todo de bronce y esculpido con victorias; y el vigía es Napoleón. Cierto es que la nave cabecea y tiene un balanceo, pero recorre el mundo, hace fuego en él por las cien bocas de sus tribunas, surca los mares de la ciencia, boga por ellos a toda vela, vocea desde lo alto de las gavias por boca de sus sabios y sus artistas: «¡Adelante! ¡Seguidme!». Lleva a bordo una gigantesca tripulación que se complace en adornarla con nuevos banderines. Grumetes y chiquillos que ríen entre las jarcias; lastre de compacta burguesía; obreros y marineros embreados; en los camarotes, los felices pasajeros; elegantes midshipmen fuman puros asomados a la batayola; y luego, en la tilla, sus soldados, sus innovadores o sus ambiciosos, abordarán en todas las orillas, pidiendo, al tiempo que derraman su vivo fulgor, fama que es placer o amores que exigen oro.

En consecuencia la exorbitante agitación de los proletarios, en consecuencia la depravación de los intereses que muelen a la clase media y a la burguesía, en consecuencia las crueldades del pensamiento artista y los excesos de ese placer que los grandes buscan sin tregua, explican la habitual fealdad de la fisonomía parisina. Solo en Oriente brinda la raza humana espléndidos bustos; mas son efecto del constante sosiego que muestran esos penetrantes filósofos de pipas largas, de piernas cortas, de torsos cuadrados, que desprecian el movimiento, que los horripila, mientras que en París, los Bajos, los Intermedios y los Altos corren, saltan y hacen cabriolas, pues los azota una diosa inmisericorde, la Necesidad: necesidad de dinero, de fama o de diversión. Por lo tanto, un rostro lozano, descansado, de gracioso encanto y joven de verdad es la más extraordinaria de las excepciones: pocas veces nos topamos con él. Si ve el lector alguno, será a buen seguro el de algún clérigo joven y fervoroso; o el de algún buen sacerdote cuadragenario de triple papada; o el de alguna joven de costumbres puras, como se crían aún en ciertas familias burguesas; o el de alguna madre de veinte años rebosante todavía de ilusiones, que amamanta a su primogénito; o el de algún muchacho recién llegado de provincias y encomendado a una viuda devota de buena familia que no le da ni un céntimo; o quizá el del mozo de algún comercio, que se acuesta a medianoche, muy cansado tras haber desenrollado y vuelto a enrollar el percal y se levanta a las siete para disponer el tenderete; o, muchas veces, el de un hombre de ciencia o de poesía que vive como un monje y mantiene un idilio con una idea hermosa, que no deja de ser sobrio, paciente y casto; o el de algún necio satisfecho de su persona, que se nutre de estupidez, está más sano que una manzana y siempre pendiente de sonreírse a sí mismo; o el de algún miembro de la feliz y fofa raza de los paseantes ociosos, las únicas personas realmente felices de París y que paladean, hora tras hora, su movediza poesía. No obstante, existe en París una fracción de seres privilegiados a quienes les aprovecha este movimiento excesivo de las fabricaciones, de los intereses, de los negocios, de las artes y del oro. Esos seres son las mujeres. Por más que tengan también mil causas secretas que, más en su circunstancia que en las otras, les arruina la fisonomía, se dan, dentro del mundo femenino, tribus dichosas y pequeñas que viven a lo oriental y pueden conservar la belleza; pero a esas mujeres pocas veces se las ve a pie por la calle; se esconden como plantas raras que no abren los pétalos sino a determinadas horas y constituyen auténticas excepciones exóticas. Sin embargo, París es también y sobre todo tierra de contrastes. Si bien es cierto que no abundan los sentimientos auténticos, también se dan, como en todas partes, nobles amistades y abnegaciones sin límite. En el campo de batalla de los intereses y de las pasiones, de la misma forma que en esas congregaciones en marcha donde triunfa el egoísmo, donde a todos y cada uno no les queda más remedio que defenderse solo a sí mismos, y que llamamos ejércitos, da la impresión de que los sentimientos se complacen en estar completos cuando se muestran y son sublimes por yuxtaposición. Otro tanto sucede con los rostros. En París, a veces, en la alta aristocracia, se ven acá y acullá algunas caras deliciosas de muchachos, fruto de una educación y unos hábitos totalmente excepcionales. A la juvenil hermosura de la sangre inglesa suman la firmeza de los rasgos meridionales, el ingenio francés, la pureza de la forma. El fuego de la mirada, la deliciosa rojez de los labios, el lustroso negro del delicado pelo, la tez blanca, el corte de rostro distinguido los convierten en hermosas flores humanas, un espléndido espectáculo sobre el apelotonado fondo de todas las demás fisonomías, empañadas, avejentadas, ganchudas, gesteras. Por eso las mujeres admiran en el acto a esos jóvenes con el mismo placer ávido con que los hombres miran a una muchacha bonita, decente, encantadora, a la que adornen todas las prendas virginales con las que se complace nuestra imaginación en engalanar a la muchacha perfecta. Si esta rápida ojeada al vecindario de París ha permitido hacerse a la idea de cuánto escasea un rostro rafaelesco y de la apasionada admiración que no puede por menos de inspirar a primera vista en esta ciudad, ya habremos justificado el interés principal de nuestra historia. Quod era demostrandum, esto era lo que estaba por demostrar, si es que resulta lícito aplicar las fórmulas de la escolástica a la ciencia de las costumbres.

Se da, pues, el caso de que una de esas hermosas mañanas de primavera en que las hojas aún no están verdes, pero sí ya abiertas; en que el sol empieza a incendiar los tejados y el cielo está azul; en que el vecindario de París sale de sus alveolos y acude a zumbar por los bulevares y se desliza como una serpiente de mil colores por la calle de La Paix camino de Les Tuileries, celebrando las pompas del himeneo que reanuda la campiña; en uno de esos días alegres, decíamos, un joven, tan hermoso como lo era el día, vestido con gusto, de modales sueltos, y —revelemos el secreto— un hijo del amor, el hijo natural de lord Dudley y de la célebre marquesa de Vordac, discurría por el paseo principal de Les Tuileries. Aquel Adonis, llamado Henri de Marsay, había nacido en Francia, adonde vino lord Dudley a casar a la joven, ya madre de Henri, con un gentilhombre entrado en años apellidado De Marsay. Aquella mariposa desteñida y casi extinta reconoció como suyo al hijo a cambio del usufructo de una renta de cien mil francos que debía corresponderle en definitiva al hijo putativo. No le salió muy caro este exceso a lord Dudley: las rentas francesas valían a la sazón diecisiete francos con cincuenta céntimos. El anciano gentilhombre falleció sin haber conocido a su mujer. La señora De Marsay se casó luego con el marqués de Vordac; pero, antes de convertirse en marquesa, no hizo gran caso ni a su hijo ni a lord Dudley. De entrada, la guerra que se declaró entre Francia e Inglaterra separó a ambos amantes, y la fidelidad pese a todo ni estaba ni estará nunca de moda en París. Además, los éxitos de mujer elegante, bonita y universalmente adorada atolondraron en la parisina el sentido materno. No estuvo más pendiente lord Dudley de su progenitura de lo que lo estuvo la madre. La temprana infidelidad de una joven a la que amaba con pasión es posible que le infundiera cierta aversión por todo cuanto de ella procedía. Por lo demás, es posible también que los varones no quieran sino a los hijos con los que han trabado amplio conocimiento, creencia social de la mayor importancia para la tranquilidad de las familias y que están en la obligación de nutrir todos los solteros, demostrando que la paternidad es un noble sentimiento que crían en estufa las mujeres, los hábitos y las leyes.

El pobre Henri de Marsay no halló un padre, entre los dos que tenía, más que en aquel que no tenía obligación de serlo. La paternidad del señor De Marsay fue, por supuesto, muy incompleta. En el orden natural, los hijos no tienen padre sino en breves ocasiones; y el gentilhombre imitó a la naturaleza. El buen hombre no habría vendido el apellido si no hubiera tenido vicios. Despilfarró, pues, sin remordimientos, en los garitos y se bebió en otros lugares los pocos semestres que el tesoro público pagaba a los rentistas. Entregó además al niño a una hermana anciana, una señorita De Marsay que lo cuidó mucho y le dio, sacándolo de la magra pensión que les pasaba su hermano, un preceptor, un cura que no tenía donde caerse muerto; éste calibró el porvenir del joven y decidió cobrarse de los cien mil francos de renta las atenciones que tuviera con su discípulo, con quien acabó por encariñarse.

Aquel preceptor resultó, por casualidad, ser un sacerdote auténtico, uno de esos hombres de la Iglesia hechos para llegar a cardenales en Francia o a Borgias tocados con la tiara. Le enseñó al niño en tres años lo que habrían tardado diez en enseñarle en el internado. Luego, aquel gran hombre, que se llamaba padre De Maronis, completó la educación de su alumno haciéndole estudiar la civilización en todas sus facetas; lo nutrió con su experiencia, le hizo ir muy poco a las iglesias, cerradas a la sazón; lo paseó a veces entre los bastidores del teatro y, en ocasiones más numerosas, por casa de las cortesanas; desmontó delante de él, pieza por pieza, los sentimientos humanos; le enseñó política en el foco de los salones, en donde se cocía por entonces; puso número a las maquinarias del gobierno e intentó, por afecto a una noble forma de ser, descuidada, pero rica en esperanzas, ser el viril sustituto de la madre. ¿No es acaso la Iglesia la madre de los huérfanos? El alumno respondió a tantos desvelos. Aquel hombre digno murió siendo obispo, en 1812, con la satisfacción de dejar bajo la capa del cielo a un niño con el corazón y el ingenio tan bien formados a los dieciséis años que podía darle sopas con honda a un hombre de cuarenta. ¿Quién habría esperado encontrarse un corazón de bronce y un espíritu alcoholizado bajo la más seductora de las apariencias externas que dieran nunca los pintores antiguos, esos artistas ingenuos, a la serpiente del paraíso terrestre? Y esto no es nada. Además, aquella buena pieza vestida de morado había proporcionado a su hijo de elección unas cuantas amistades de la buena sociedad parisina que podían equivaler, en cuanto a rentabilidad, entre las manos del joven, a otras cien mil libras. Y, por fin, este sacerdote vicioso pero político, incrédulo pero sabio, pérfido pero afable, débil en apariencia pero con tanto vigor en las ideas como en el cuerpo, le fue de tanta utilidad cierta a su alumno, se mostró tan complaciente con sus vicios, calculó tan bien todas las fuerzas, fue tan penetrante cuando hubo que hacer algún descuento de efectos humanos, tan joven en la mesa, y en la mesa de juego de Frascati, y en... vayan ustedes a saber dónde, que al agradecido Henri de Marsay lo único que lo enternecía ya, en 1814, era ver el retrato de su querido obispo, pues no pudo legarle otro bien mueble aquel prelado, admirable prototipo de esos hombres cuya genialidad salvará a la Iglesia católica, apostólica y romana, a la que ponen en un compromiso en este momento la debilidad de sus nuevos miembros y la ancianidad de sus pontífices; pero tal lo quiere la Iglesia. La guerra continental impidió que el joven De Marsay conociera a su padre verdadero, cuyo apellido es dudoso que supiese. Como niño abandonado que era, tampoco conoció mucho más a la señora De Marsay. Y, como es natural, echó muy poco de menos a su padre putativo. En cuanto a la señorita De Marsay, la única madre que tuvo, mandó que le construyeran en el cementerio de Le-Père-Lachaise, cuando murió, una tumba pequeña y de muy buena apariencia. Monseñor De Maronis le tenía garantizado a esa anticuada partidaria de la papalina uno de los mejores lugares en el cielo, de forma tal que, al ver que se alegraba de morirse, Henri le dedicó lágrimas egoístas y empezó a llorarla por lástima de sí mismo. Al ver este dolor, el sacerdote secó las lágrimas de su discípulo comentándole que la buena mujer tomaba el rapé de una forma muy repugnante y se estaba volviendo tan fea, tan sorda y tan aburrida que Henri debería estarle agradecido a la muerte. El obispo se había ocupado de que emancipasen a su discípulo en 1811. Luego, cuando la madre del señor De Marsay se volvió a casar, el sacerdote escogió, en un consejo de familia, a uno de los probos acéfalos que había seleccionado él en el confesionario, y le encargó que administrase la fortuna, cuyas rentas destinaba, efectivamente, a las necesidades de la comunidad, pero cuyo capital no quería tocar.

A finales de 1814, Henri de Marsay no tenía, pues, en el mundo sentimiento obligatorio alguno y se hallaba tan libre como un pájaro sin compañera. Aunque tenía veintidós años cumplidos, apenas aparentaba diecisiete. Sus rivales más exigentes solían considerarlo el muchacho más apuesto de París. De su padre, lord Dundley, había sacado los ojos azules más tiernamente decepcionantes; de su madre, la cabellera negra más opulenta; de ambos, una sangre limpia, un cutis de doncella, una expresión dulce y modesta, un talle esbelto y aristocrático y unas manos muy hermosas. Verlo una mujer y volverse loca por él era todo uno; concebía por él uno de esos deseos, ya sabe el lector, que hincan el diente en el corazón, pero que se echan al olvido por imposibilidad de satisfacerlos, porque la mujer por lo general carece en París de tenacidad. Pocas de ellas se dicen, como hacen los hombres, el JE MAINTIENDRAI de la casa de Orange. Tras esa vital lozanía, y pese al agua límpida de los ojos, Henri tenía el valor de un león y la habilidad de un simio. Cortaba una bala a diez pasos con la hoja de un cuchillo; montaba a caballo de forma tal que convertía en realidad la fábula del centauro; conducía con elegancia un carruaje de guías largas; era raudo como Cherubino y apacible como un cordero; pero sabía ganarle a un hombre de los barrios exteriores en el tremendo juego de savate o en el del bastón; además, tocaba el piano de forma tal que podía meterse a artista si le ocurría una desgracia y tenía una voz por la que Barbaja le habría dado cincuenta mil francos por temporada. Por desdicha tan halagüeñas prendas las empañaba un vicio espantoso: no creía ni en los hombres ni en las mujeres ni en Dios ni en el diablo. La caprichosa naturaleza lo había colmado de dones en un principio; un cura lo había rematado.

Para que esta aventura pueda entenderse hay que añadir aquí que lord Dudley se topó como es natural con muchas mujeres dispuestas a sacarle más de un ejemplar de tan delicioso retrato. Su segunda obra de arte, dentro de este género, fue una muchacha llamada Euphémie, nacida de una dama española, criada en La Habana y devuelta a Madrid junto con una joven criolla de las Antillas; traía consigo los ruinosos gustos de las colonias, pero, afortunadamente, estaba casada con un caballero español viejo y desmedidamente rico, don Hijos, marqués de San Real, quien, desde que las tropas francesas ocuparon España, se fue a París y vivía en la calle de Saint-Lazare. Tanto por despreocupación cuanto por respeto a la inocencia de los tiernos años, lord Dudley no advirtió a sus hijos de los parentescos que les iba dejando por doquier. Es éste un leve defecto de la civilización, que tiene tantas ventajas que no queda más remedio que perdonarle las calamidades a cambio de los beneficios que brinda. Lord Dudley, y con esto dejamos ya de traerlo a colación, fue en 1816 a refugiarse a París, para eludir las persecuciones de la justicia inglesa que, de Oriente, solo ampara las mercancías. El lord viajero preguntó quién era aquel joven tan guapo cuando conoció a Henri. Y, al oír el nombre, dijo: «Ah, es mi hijo. ¡Qué desgracia!».

Tal era la historia del muchacho que, a mediados del mes de abril, en 1815, recorría con aire indolente el paseo principal de Les Tuileries, de la misma forma que todos los animales que, conscientes de su fuerza, caminan con el empaque de su sosiego y su majestad; las burguesas se volvían ingenuamente para seguir mirándolo; las otras mujeres no se volvían, esperaban a que volviera y grababan en la memoria, para recordarla cuando hiciera falta, aquella cara exquisita que no habría desentonado en el cuerpo de la más hermosa de ellas.

—Pero ¿qué haces por aquí en domingo? —le preguntó a Henri, al pasar, el marqués de Ronquerolles.

—Tengo pesca en la red —respondió el joven.

Ese intercambio de pensamientos constó de dos miradas significativas, sin que ni Ronquerolles ni De Marsay dieran muestras de conocerse. El joven observaba a los paseantes con esa presteza de la ojeada y el oído propia del parisino que parece, de entrada, que ni ve ni oye, pero que lo ve y lo oye todo. En aquel momento se le acercó un joven y le cogió el brazo con confianza al tiempo que le decía:

—¿Qué tal, mi querido De Marsay?

—Pues muy bien —respondió De Marsay con esa expresión aparentemente afectuosa, pero que, entre los jóvenes parisinos, no demuestra nada, ni en el presente ni para el porvenir.

Pues, efectivamente, los jóvenes parisinos no se parecen a los jóvenes de ninguna otra ciudad. Se dividen en dos categorías: el joven que tiene algo y el joven que no tiene nada; o el joven de cabeza llena y el de bolsillos vacíos. Pero que entienda bien el lector que aquí nos estamos refiriendo nada más a esos indígenas que llevan el gratísimo tren de vida de los elegantes. Sí que hay algunos otros jóvenes, pero se trata de niños que tardan mucho en caer en la cuenta de qué es la existencia parisina, que no deja nunca de embaucarlos. No especulan; estudian, empollan, dicen los demás. Y, finalmente, podemos toparnos aún con algunos jóvenes, ricos o pobres, que profesan en algunas carreras y perseveran en ellas sin traspiés; son algo así como el Émile de Rousseau, carne de ciudadano, y nunca aparecen por la buena sociedad. Los diplomáticos los llaman, groseramente, inocentones. Séanlo o no, incrementan el número de esos seres mediocres cuyo peso tiene agobiada a Francia. Siempre están presentes, dispuestos a amasar el mortero de los asuntos públicos o privados con la ramplona paleta de la mediocridad, jactándose de su impotencia que llaman buenas costumbres y probidad. Esos a modo de primeros premios sociales infestan la administración, el ejército, la magistratura, las cámaras, la corte. Merman y achatan la nación y son, como quien dice, en el cuerpo político, una linfa que lo sobrecarga y lo vuelve fofo. Estas personas honradas llaman a la gente de talento inmoral o pícara. Si bien es cierto que los pícaros cobran por sus servicios, al menos prestan servicios, mientras que los otros perjudican y la multitud los tiene por sospechosos; pero, afortunadamente para Francia, la juventud los estigmatiza sin tregua con el apelativo de beocios.

Es, pues, lógico que creamos que son muy diferentes entre sí esas dos categorías de jóvenes que llevan una vida elegante, la amable corporación a la que pertenecía Henri de Marsay. Pero los observadores que no se quedan en la superficie de las cosas no tardan en convencerse de que las diferencias son solo de conciencia y que nada resulta tan engañoso como una bonita corteza. No obstante, todos se anteponen al resto del mundo; hablan a más y mejor de las cosas, de los hombres, de literatura, de bellas artes; no se les cae de la boca el Pitt y Coburgo del año; interrumpen una conversación con un chiste; ridiculizan la ciencia y al científico, desprecian cuanto no conocen o cuanto temen; además, se sitúan por encima de lo que sea, nombrándose jueces supremos de todo. Todos ellos abusarían de la credulidad de sus padres y estarían dispuestos a llorar en el regazo de sus madres lágrimas de cocodrilo; pero, por lo general, no creen en nada, difaman a las mujeres o fingen modestia y, en realidad, obedecen a una cortesana de tres al cuarto o a alguna vieja. A todos por igual los tiene cariados hasta los huesos el cálculo, la depravación, cualquier ansia brutal de ir a más; y, si bien a todos los amenaza el mal de piedra, si los sondearan les encontrarían la piedra en el corazón. En su estado normal, tienen todos una apariencia externa gratísima, recurren continuamente a la amistad y son todos animados por igual. La misma zumba prevalece en sus cambiantes jergas; apuntan a la peculiaridad en los atuendos, tienen por blasón de honra repetir las necedades de este o aquel actor de moda, y debutan con quien sea echando mano del desprecio y la impertinencia para llevarse, por decirlo de alguna manera, la primera baza del juego; pero malhaya quien no sepa dejarse reventar un ojo para reventarles los dos a ellos.

Parece que los dejasen indiferentes por igual las desdichas de la patria y sus epidemias devastadoras. Para concluir, todos tienen gran parecido con la preciosa espuma blanca que corona la cresta de las tempestades. Se acicalan, cenan, bailan el día de la batalla de Waterloo, durante el cólera o durante una revolución. Y, finalmente, gastan todos lo mismo; pero aquí empiezan los caminos paralelos. De esa fortuna flotante y gratamente despilfarrada, unos cuentan ya con el capital y los otros lo están esperando; tienen los mismos sastres, pero las facturas de éstos están por pagar. Además, si unos, semejantes a cedazos, reciben toda suerte de ideas sin quedarse con ninguna, los otros las comparan y asimilan cuantas merecen la pena. Si bien éstos creen que saben algo, no saben nada y lo entienden todo, se lo prestan todo a quienes nada necesitan y no ofrecen nada a quienes necesitan algo, aquéllos estudian en secreto los pensamientos del prójimo e invierten el dinero tan bien como los caprichos, a interés elevado. Unos no tienen ya impresiones de fiar y su alma, igual que un espejo cuyo azogue se ha perdido con el uso, no refleja ya imagen alguna; los otros ahorran los sentidos y la vida aunque parezca que los están tirando por la ventana, como hacen los primeros. Éstos, fiándose de una esperanza, se entregan en cuerpo y alma, sin convencimiento, a un sistema que tiene el viento a favor y navega contracorriente, pero pasan de un brinco a otra embarcación política cuando la primera va a la deriva; los otros calibran el porvenir, lo sondean y dan a la fidelidad política la consideración que los ingleses dan a la probidad comercial: la de un factor de éxito. Pero allí donde el joven que tiene algo hace un chiste y dice una frase ingeniosa acerca de la mudanza del trono, el que nada tiene hace un cálculo público o una bajeza secreta y va a más sin dejar de dar apretones de mano a los amigos. Unos nunca piensan que los demás tengan facultades, toman por nuevas todas las ideas que se les ocurren como si el mundo se hubiera creado la víspera, tienen una confianza ilimitada en sí mismos y no tienen enemigo más despiadado que sus propias personas. Pero los otros van armados con una desconfianza continua de los hombres, a quienes estiman por lo que valen, y con la suficiente hondura para tener un pensamiento de más que los amigos a quienes explotan; así que, por las noches, con la cabeza en la almohada, sopesan a los hombres como un avaro sopesa las monedas de oro. Unos se toman a mal una impertinencia intrascendente y dejan que les tomen el pelo los diplomáticos, que los obligan a actuar tirando del hilo principal que mueve a esas marionetas: el amor propio; mientras que los otros se hacen respetar y escogen a sus víctimas y a sus protectores. De esta forma, un día, quienes no tenían nada tienen algo; y quienes tenían algo, no tienen nada. Éstos consideran que sus amigos, que han conseguido una posición, son unos arteros y unos corazones viles, pero también los consideran hombres listos… «¡Qué listo es! …» es el tremendo elogio que le hacen a quien ha llegado a algo, quibuscumque viis, a la política, a una mujer o a una fortuna. Hay, entre ellos, algunos jóvenes que interpretan ese papel, desde el principio, con deudas; y, por descontado, son más peligrosos que los que lo interpretan sin tener un céntimo.

El joven que se llamaba a sí mismo amigo de De Marsay era un atolondrado, llegado de provincias, y a quien los jóvenes que estaban por entonces de moda enseñaban el arte de pegarle enormes pellizcos a una herencia, pero él tenía un buen trozo de tarta por comerse en su ciudad de origen, un asentamiento sólido. Era sencillamente un heredero que había pasado sin transición de sus raquíticos cien francos por mes a toda la fortuna paterna y que, si no tenía el ingenio suficiente para darse cuenta de que se reían de él, sí tenía el tino suficiente para pararse al llegar a los dos tercios de su capital. Acababa de descubrir en París, a cambio de unos cuantos billetes de mil francos, el valor exacto de los arneses y el arte de no respetar demasiado los guantes que llevaba, de oír sabias reflexiones acerca del salario que hay que pagarles a los criados, y de enterarse de qué estipendio era más ventajoso acordar de antemano con ellos; tenía mucho empeño en poder hablar elogiosamente de sus caballos y de su perro de los Pirineos; en reconocer por el atuendo, la forma de caminar, el calzado, a qué categoría pertenecía una mujer; en estudiar el juego del écarté; en acordarse de unas cuantas palabras de moda; y en conquistar, mediante su paso por la buena sociedad parisina, la autoridad necesaria para importar más adelante a provincias el gusto por el té y las cuberterías de plata de estilo inglés y conseguir para sí el derecho de despreciar cuanto lo rodease durante el resto de sus días. De Marsay se había hecho amigo suyo para utilizarlo en sociedad, de la misma forma que un especulador atrevido utiliza a un empleado de confianza. La amistad, falsa o verdadera, de De Marsay era una posición social para Paul de Manerville, quien, por su parte, se creía muy listo al explotar a su manera a su amigo íntimo. Vivía dentro del reflejo de su amigo, se metía continuamente bajo el paraguas de éste, se ponía sus botas y se doraba con sus rayos. Cuando se colocaba junto a Henri, o incluso cuando caminaba a su lado, parecía estar diciendo: «Que no se meta nadie con nosotros, que somos unos auténticos tigres». Solía permitirse decir con tono fatuo: «Si le pidiera a Henri tal o cual cosa, tengo con él la amistad suficiente para que lo hiciese». Pero se guardaba muy mucho de pedirle nunca nada. Lo temía; y su temor, aunque imperceptible, salpicaba a los demás y le venía bien a De Marsay. «Menudo es De Marsay —decía Paul—. Vaya, vaya, ya veréis. Será lo que quiera ser. No me extrañaría verlo un día de ministro de Asuntos Exteriores. No hay nada que se le resista.» Y, además, hacía con De Marsay lo que el cabo Trim con su gorro, convertirlo en un reto perpetuo: «¡Preguntad a De Marsay y ya veréis!».

O bien: «El otro día estábamos de caza De Marsay y yo; ¡no quería creerme y salté un matorral sin moverme del caballo!».

O bien: «Estábamos De Marsay y yo en casa de unas mujeres y palabra de honor que yo…», etcétera.

De forma tal que a Paul de Manerville solo se lo podía colocar en la categoría de la gran, la ilustre y la poderosa familia de los inocentones que van a más. Había de llegar con el tiempo a diputado. De momento, no era ni tan siquiera un joven. Su amigo De Marsay lo definía de la siguiente forma: «Me preguntáis qué es Paul. Si es que Paul… es Paul de Manerville».

—Me extraña, querido —le dijo a De Marsay— que andes por aquí en domingo.

—Iba a preguntarte lo mismo.

—¿Una intriga?

—Es posible.

—¡Vaya!

—A ti te lo puedo decir sin poner mi pasión en un compromiso. Y, además, una mujer que viene en domingo a Les Tuileries no vale nada desde el punto de vista aristocrático.

—¡Ja, ja!

—Calla o no te digo nada más. Te ríes demasiado alto, van a pensar que nos hemos excedido en el almuerzo. El jueves pasado, me andaba paseando por aquí, por la terraza de Les Feuillants, sin pensar lo que se dice en nada. Pero al llegar a la verja de la calle de Castiglione, por la que pensaba irme, me di de bruces con una mujer o, mejor dicho, con una joven que si no se me echó en los brazos fue porque la detuvo, creo, no tanto el decoro cuanto uno de esos pasmos profundos que dejan sin fuerza brazos y piernas, bajan por la espina dorsal y se paran en la planta de los pies para dejarlo a uno clavado al suelo. He causado con frecuencia impresiones de ésas, algo así como un magnetismo animal que se vuelve fortísimo cuando aparecen afinidades como átomos ganchudos. Pero, mi querido amigo, no eran ni un asombro ni una muchacha vulgares. Desde un punto de vista espiritual, su cara parecía decir: «¡Cómo, aquí estás, ideal mío, ser de mis pensamientos, de mis sueños de la noche y de la mañana! ¿Cómo es que estás aquí? ¿Por qué esta mañana? ¿Por qué no ayer? Tómame, soy tuya, etcétera…». ¡Bien, me digo para mis adentros, una más! Así que me pongo a pasarle revista. ¡Ay, querido amigo, desde un punto de visto físico, la desconocida es el ser más adorablemente mujer que nunca haya conocido! Pertenece a esa variedad femenina que los romanos llamaban fulva, flava, la mujer de fuego. Y de entrada lo que más me llamó la atención, algo de lo que aún estoy prendado, fueron dos ojos amarillos como los de los tigres: un amarillo de oro que reluce, oro vivo, oro que piensa, oro que ama ¡y que se te quiere meter en el bolsillo del chaleco por encima de todo!

—Pero si nos la sabemos de memoria, amigo mío —exclamó Paul—. Viene a veces. Es la muchacha de los ojos de oro. Ése es el nombre que le hemos puesto. Una joven de unos veintidós años que vi por aquí en los tiempos en que estaban los Borbones, pero con una mujer que vale cien mil veces más que ella.

—¡Cállate, Paul! Es imposible que mujer alguna sobrepase a esa muchacha que parece una gata que quiera venir a restregársele a uno en las piernas; una muchacha blanca con pelo rubio ceniza, delicada en apariencia, pero que debe de tener hilos de algodón en la tercera falange de los dedos y, corriéndole por las mejillas, una pelusilla blanca cuya línea, luminosa en un día de sol, empieza en las orejas y se pierde cuello abajo.

—¡Ay, la otra, mi querido De Marsay! Tiene unos ojos negros que no han llorado nunca, pero que abrasan; unas cejas negras que se juntan y le dan una expresión de dureza que desmiente la red de pliegues de los labios, en los que un beso no se demora, unos labios ardientes y lozanos; un cutis moro junto al que un hombre se caldea como al sol; pero ¡si es que se parece a ti, te doy mi palabra de honor!

—¡La estás halagando!

—Una cintura arqueada, la esbelta cintura de una corbeta hecha para correr y que se abalanza sobre el mercante con impetuosidad francesa, lo muerde y lo hace naufragar en un santiamén.

—Pero ¡bueno, querido, a mí qué más me da esa a quien no he visto! —siguió diciendo De Marsay—. Desde que llevo estudiando a las mujeres, solo en mi desconocida, en sus senos virginales, en sus formas ardientes y voluptuosas se me ha plasmado la única mujer con la que yo he soñado. Es el original de esa pintura delirante que se llama mujer acariciando a su quimera, la más cálida, la más infernal inspiración del genio antiguo: una poesía santa que prostituyeron quienes la copiaron para frescos y mosaicos, para un montón de burgueses, que no ven en ese camafeo sino un dije y se lo cuelgan de la cuerda de la saboneta, siendo así que es la mujer entera, un abismo de placeres por el que rodamos sin llegar al final, siendo así que es una mujer ideal que, a veces, vemos en la realidad, en España, en Italia, casi nunca en Francia. Pues bien, he vuelto a ver a esa muchacha de los ojos de oro, a esa mujer que acaricia a su quimera, la he vuelto a ver aquí, el viernes. Tenía el presentimiento de que a la mañana siguiente volvería a la misma hora. No me equivocaba. Me complací en seguirla sin que me viera, en estudiar esa forma de caminar indolente de mujer ociosa, pero en cuyos movimientos se intuye la voluptuosidad dormida. Y es el caso que se dio la vuelta, me vio, volvió a adorarme, de nuevo se sobresaltó y se estremeció. Entonces me fijé en la auténtica dueña española que la cuida, una hiena a quien algún celoso ha puesto un vestido, cualquier diablesa bien pagada para celar a esa dulce criatura… Ay, y entonces la dueña me hizo sentirme algo más que enamorado, me volví curioso. El sábado, nadie. Así que heme aquí hoy para esperar a esa muchacha, cuya quimera soy, y sin más aspiraciones que brindarme a ser el monstruo del fresco.

—Ahí viene —dijo Paul—; todo el mundo se vuelve para verla…

La desconocida se ruborizó y le centellearon los ojos al divisar a Henri; los cerró y pasó de largo.

—¿Y dices que se fija en ti? —exclamó Paul con tono de chanza.

La dueña miró fijamente, con atención, a los dos jóvenes. Cuando la desconocida y Henri se cruzaron de nuevo, la muchacha lo rozó y su mano estrechó la del joven. Luego se volvió y sonrió apasionadamente; pero la dueña se la llevaba a toda prisa hacia la verja de la calle de Castiglione. Los dos amigos siguieron a la muchacha admirando el torneado espléndido de aquel cuello al que se unía la cabeza con una combinación de líneas vigorosas y en el que se enderezaban con fuerza unos cuantos ricillos cortos. La muchacha de los ojos de oro tenía ese pie de bonito tobillo, estrecho, arqueado, que tantos atractivos brinda a las imaginaciones de paladar exquisito. Iba, por ello, elegantemente calzada y llevaba un vestido corto. Durante el trayecto, se volvió a ratos para mirar de nuevo a Henri y pareció seguir de mala gana a la vieja, de la que parecía a la vez señora y esclava: podía mandar que la molieran a palos, pero no podía despedirla. Y se notaba. Los dos amigos llegaron a la verja. Dos lacayos de librea estaban bajando el estribo de un cupé de buen gusto, que lucía escudos de armas. La muchacha de los ojos de oro fue la primera en subir y se puso del lado desde el que se la podría ver cuando diera la vuelta el coche: puso la mano en la ventanilla y agitó el pañuelo a hurtadillas de la dueña, sin importarle el qué dirán de los curiosos e indicándole a Henri, a fuerza de pañuelo: «Sígame»…

—¿Has visto alguna vez usar mejor el pañuelo? —le preguntó Henri a Paul de Manerville.

Luego, viendo un coche de punto que ya se marchaba, tras haber traído a unas cuantas personas, le hizo una seña al cochero para que esperase.

—Siga a ese cupé, vea por qué calle va y en qué casa se mete y se ganará diez francos… Adiós, Paul.

El coche de punto siguió al cupé. El cupé se metió en la calle de Saint-Lazare y en uno de los palacetes más hermosos del barrio.

II

UNA BUENA FORTUNA SINGULAR

De Marsay no era un atolondrado. Cualquier otro joven habría obedecido al deseo de informarse en el acto acerca de una muchacha en quien se plasmaban tan bien las ideas más luminosas que la poesía oriental ha expresado sobre las mujeres; pero, demasiado hábil para comprometer de esa forma el futuro de su buena fortuna, le dijo al coche de punto que siguiera por la calle de Saint-Lazare y lo llevara de vuelta a su palacete. A la mañana siguiente, su primer ayuda de cámara, de nombre Laurent, mozo astuto como un Frontin de la antigua comedia, estuvo esperando, por las inmediaciones de la casa en la que vivía la desconocida, la hora de entrega de la correspondencia. Para poder espiar a gusto y rondar el palacete, había comprado in situ, según suelen hacer los policías que quieren ir bien disfrazados, los pingos de un carbonero e intentado apropiarse de su fisonomía. Cuando pasó por fin el cartero que cubría aquella mañana el servicio de la calle de Saint-Lazare, Laurent fingió que era un recadero con apuros para acordarse del nombre de una persona a la que tenía que entregar un paquete y consultó al cartero. Éste, engañado de entrada por las apariencias y por aquel personaje tan pintoresco en medio de la civilización parisina, lo informó de que el palacete en donde vivía la muchacha de los ojos de oro pertenecía a don Hijos, marqués de San Real y grande de España. Por descontado que al carbonero no le interesaba el marqués.

—El paquete que llevo es para la marquesa —dijo.

—Está fuera —respondió el cartero—. Se le desvían las cartas a Londres.

—Así que la marquesa no es una joven que…

—¡Vaya! —dijo el cartero, interrumpiendo al ayuda de cámara y mirándolo atentamente—. Es usted tan recadero como yo bailarín.

Laurent le enseñó unas cuantas monedas de oro al funcionario de la carraca, que empezó a sonreír.

—Mire, así es como se llama la presa que quiere cazar —dijo sacando de la cartera de cuero una carta que llevaba sello de Londres y en la que estaba escrita la siguiente dirección:

Para la señorita Paquita Valdés

Calle de Saint-Lazare, mansión San Real

París

con trazos alargados y menudos que anunciaban una mano de mujer.

—¿Le haría usted ascos a una botella de vino de Chablis, acompañada de un solomillo salteado con setas y, de primero, unas cuantas docenas de ostras? —preguntó Laurent, que quería ganarse la valiosa amistad del cartero.

—A las nueve y media, cuando acabe el servicio. ¿Dónde?

—En la esquina de la calle de La Chaussée-d'Antin y de la calle Neuve-des-Mathurins, en Au-puits-sans-vin —dijo Laurent.

—Mire, amigo —dijo el cartero al ayuda de cámara al reunirse con él una hora después de la referida entrevista—, si su amo está enamorado de esa joven, menuda tarea se está echando encima. Dudo que consigan ustedes verla. Llevo de cartero en París diez años y he tenido oportunidad de fijarme en muchos sistemas de puertas. Pero puedo decir, desde luego, sin temor a que me desmienta ninguno de mis compañeros, que no hay puerta tan misteriosa como la del señor de San Real. Nadie puede entrar en el palacete sin no sé qué santo y seña; y fíjese que lo eligieron con patio delante y jardín detrás para evitar cualquier comunicación con otras casas. El portero es un español viejo que no dice nunca ni palabra en francés, pero que se fija en la cara de las personas como si fuera Vidocq, para estar seguro de que no son ladrones. En el caso de que alguien, un amante, un ladrón, o usted, y no es que quiera faltarle, pudiera engañar a ese encargado de la primera mirilla, pues se encontraría usted en la primera sala, que se cierra con una puerta acristalada, donde está un mayordomo rodeado de lacayos, perro viejo aún más fiero y más hosco que el portero. Si alguien cruza la puerta cochera, el mayordomo en cuestión sale, lo espera en el peristilo y lo somete a un interrogatorio digno de un criminal. Ya me ha pasado a mí, que soy un simple cartero. Me tomaba por un seminario disfrazado —dijo, riéndose el chiste de la confusión con emisario—. Y en cuanto a los criados, no espere sacar nada en limpio de ellos, los tengo por mudos, nadie en el barrio les conoce el metal de voz; no sé qué salario les pagan por no hablar y por no beber; el caso es que no hay quien pegue la hebra con ellos, bien porque teman que los fusilen, bien porque puedan perder una suma enorme si cometen una indiscreción. Si su señor quiere lo suficiente a la señorita Paquita Valdés para pasar por encima de todos esos obstáculos, puede dar por seguro que no podrá más que doña Concha Marialva, la dueña que la acompaña y que se la metería debajo de las faldas antes que separarse de ella. Esas dos mujeres parece que van cosidas juntas.

—Todo esto que me cuenta usted, estimable cartero —siguió diciendo Laurent tras haber paladeado el vino—, me confirma en algo de lo que acabo de enterarme. Por mi honra que creí que se estaban burlando de mí. La frutera de enfrente me ha dicho que de noche soltaban por los jardines unos perros cuya comida está colgada de postes, de forma tal que no pueden llegar a ella. Esos malditos animales creen pues que quienes pudieran entrarían buscando la comida de ellos; y los harían pedazos. Me dirá usted que se les puede tirar albóndigas de carne, pero, al parecer, están adiestrados para no comer más que de la mano del portero.

—El portero del señor barón de Nuncingen, cuyo jardín linda por la parte de arriba con el de la mansión San Real, me lo ha dicho, efectivamente —añadió el cartero.

«Bien está, mi señor lo conoce», se dijo Laurent.

—¿Sabe —prosiguió, mirando de reojo al cartero— que sirvo a un señor que no es hombre que se arredre y, si se le metiera en la cabeza besarle la planta de los pies a una emperatriz, a ella no le quedaría más remedio que aguantarse? Si lo necesitara, cosa que le deseo porque es generoso, ¿podríamos contar con usted?

—Ya lo creo, señor Laurent. Me apellido Moinot. Se escribe tal cual, como si fuera yo un gorrión: M-o-i-n-o-t, Moinot.

—Efectivamente —dijo Laurent.

—Vivo en la calle de Les Trois-Frères, en el número once. En el quinto piso —siguió diciendo Moinot—; tengo mujer y cuatro hijos. Si lo que quieren de mí no sobrepasa lo que permite la conciencia ni mis obligaciones administrativas, pues ya lo sabe, dispongan de mí.

—Es usted un buen hombre —dijo Laurent, dándole un apretón de manos.

—Seguramente Paquita Valdés es la amante del marqués de San Real, amigo del rey Fernando. Solo un carcamal español, un cadáver de ochenta años, es capaz de tomar unas precauciones así —dijo Henri cuando su ayuda de cámara le contó el resultado de sus pesquisas.

—Señor —dijo Laurent—, a menos que llegue en globo, nadie puede entrar en ese palacete.

—¿Eres un necio? ¿Acaso hace falta entrar en el palacete para conseguir a Paquita puesto que Paquita puede salir?

—Pero, señor, ¿y la dueña?

—Ya la pondremos a buen recaudo por unos cuantos días a la dueña esa.

—¡Pues entonces conseguiremos a Paquita! —dijo Laurent, frotándose las manos.

—Bellaco —contestó Henri—; te condenaré a que te haga suyo la Concha si llevas la insolencia hasta el punto de hablar así de una mujer antes de que la haya conseguido yo. Ocúpate de vestirme, que tengo que salir.

Henri estuvo un rato sumido en jubilosas reflexiones. Digámoslo en elogio de las mujeres, lograba a todas las que se dignaba desear. Y ¿qué habría que pensar de una mujer sin amante que hubiera sabido resistirse a un joven armado de hermosura, que es el ingenio del cuerpo; armado de ingenio, que es una gracia del alma; armado de fuerza moral y de fortuna, que son los dos únicos poderes verdaderos? Pero, al triunfar con tanta facilidad, De Marsay no podía por menos de hastiarse de sus triunfos; en consecuencia llevaba dos años muy hastiado. Cuando se sumergía en la voluptuosidad, volvía a la superficie con más arena que perlas. Había llegado, de la misma forma que los soberanos, a implorarle al azar algún obstáculo que hubiera que vencer, alguna empresa que le exigiera desplegar sus fuerzas espirituales y físicas, inactivas. Aunque Paquita Valdés le brindaba la maravillosa conjunción de las perfecciones de las que hasta ahora no había gozado Henri sino por separado, era casi inexistente en él el atractivo de la pasión. Una saciedad constante le había aflojado en el corazón el sentimiento del amor. Igual que los ancianos y las personas de vuelta de todo, no tenía ya sino caprichos extravagantes, gustos ruinosos, fantasías que, tras satisfacerlas, no le dejaban recuerdo alguno en el corazón. En los jóvenes es el amor el más bello de los sentimientos; hace que la vida florezca en el alma, abre con su poder solar las inspiraciones más hermosas y los nobles pensamientos que de ellas proceden: las primicias de cualquier cosa tienen un sabor delicioso. En los hombres, el amor se convierte en pasión: el vigor lleva al abuso. En los ancianos, se torna vicio: la impotencia conduce a lo extremoso. Henri era a un tiempo anciano, hombre y joven. Para hacerle recuperar las emociones de un amor auténtico, necesitaba, igual que Lovelace, a una Clarissa Harlowe. Sin el reflejo mágico de esa perla imposible de encontrar, no podía ya sentir sino pasiones agudizadas por alguna vanidad parisina, o el compromiso consigo mismo de llevar a una mujer determinada a determinado grado de corrupción, o aventuras que le aguijoneasen la curiosidad. La relación de Laurent, su ayuda de cámara, acababa de darle un valor tremendo a la muchacha de los ojos de oro. Había que reñir una batalla con algún enemigo secreto que parecía tan peligroso como hábil; y, para salir victorioso, no sobraba ninguna de las fuerzas de las que podía disponer Henri. Iba a interpretar esa antigua comedia eterna, que siempre será nueva, y cuyos personajes son un viejo, una joven y un enamorado: don Hijos, Paquita, De Marsay. Laurent no era, desde luego, menos que Fígaro, pero la dueña parecía incorruptible. ¡Y, de esa forma, el azar apretaba más el nudo de la obra viva de lo que nunca lo hiciera ningún autor dramático! Pero ¿no es acaso el azar hombre de gran ingenio?

«Hará falta andar con cien ojos», se dijo Henri.

—¿Y qué? —le dijo Paul de Manerville, según entraba—. ¿En qué punto estamos? Vengo a almorzar contigo.

—¡Bien está! —dijo Henri—. ¿No te escandalizarás si me aseo en tu presencia?

—¡Estás de guasa!

—Nos estamos quedando con tantas cosas de los ingleses ahora mismo que podríamos volvernos hipócritas y pudibundos como ellos —dijo Henri.

Laurent le había colocado delante a su señor tantos utensilios, tantos muebles diferentes y tantas cosas bonitas que Paul no pudo por menos de decir:

—Pero ¡vas a tardar dos horas!

—¡No! —dijo Henri—. Dos y media.

—Bueno, pues, ya que estamos entre nosotros y que nos lo podemos decir todo, explícame por qué un hombre tan superior como tú, porque eres superior, finge llevar a sus máximas consecuencias una fatuidad que, en él, no puede ser natural. ¿Por qué pasarse dos horas y media lustrándose cuando basta con meterse un cuarto de hora en un baño, peinarse en un santiamén y vestirse? Venga, cuéntame tu sistema.

—Mucho tengo que quererte, mi querido tarugo, para poner en tu conocimiento ideas tan elevadas —dijo el joven, a quien en ese momento le estaban cepillando los pies con un cepillo suave frotado en jabón inglés.

—Es que yo te he consagrado el afecto más sincero —respondió Paul de Manerville— y te quiero, al tiempo que te considero superior a mí...

—Ya habrás notado, en el supuesto de que seas capaz de percatarte de un hecho espiritual, que a las mujeres les gustan los fatuos —siguió diciendo De Marsay, sin responder más que con una mirada a la declaración de Paul—. ¿Sabes por qué les gustan los fatuos a las mujeres? Amigo mío, los fatuos son los únicos hombres que se cuidan. Ahora bien, ¿cuidarse demasiado no es acaso decir que uno cuida en su persona el bien ajeno? El hombre que no se pertenece a sí mismo es precisamente el que engolosina a las mujeres. El amor es ladrón en esencia. No menciono ese exceso de limpieza que las vuelve locas. Cítame solo una que haya sentido pasión por un adán, por más que fuera hombre notable. Si pasó alguna vez, habrá que achacárselo a antojos de mujer preñada, a esas ideas locas que le pasan por la cabeza a todo el mundo. Y en cambio he visto cómo dejaban plantadas a personas muy notables por su incuria. Un fatuo que se ocupa de sí se ocupa de boberías, de cositas menudas. ¿Y qué es la mujer? Una cosita menuda, un conjunto de boberías. ¿No se la tiene ocupada durante cuatro horas con dos palabras dichas sin ton ni son? Tiene la seguridad de que el fatuo va a estar pendiente de ella, puesto que no tiene en la cabeza cosas trascendentes. Nunca la descuidará por atender a la fama, la ambición, la política, el arte, esas grandes rameras que ella tiene por rivales. Y, además, los fatuos tienen el valor de ponerse en ridículo para agradar a la mujer; y el corazón de la mujer rebosa de recompensas para el hombre ridículo por amor. Y, por fin, un fatuo no puede ser fatuo más que si tiene algún motivo para serlo. Las mujeres son quienes nos conceden ese grado. ¡El fatuo es el coronel del amor, tiene éxito en las aventuras galantes y un regimiento de mujeres a su mando! Mi querido amigo, en París todo se sabe y un hombre no puede ser fatuo de balde. Tú, que no tienes más que una mujer, y que quizá aciertas al no tener sino una, intenta hacerte el fatuo… ni siquiera harás el ridículo, estarás muerto. Te convertirías en un prejuicio andante, en uno de esos hombres inevitablemente condenados a hacer una única cosa, siempre la misma. Equivaldrías a necedad, de la misma forma que el señor de La Fayette equivale a América; el señor de Talleyrand, a diplomacia; Désaugiers, a canción; y el señor de Ségur, a romanza. Si se salen de su género, nadie cree ya que valga nada lo que hacen. Así es como somos en Francia, siempre soberanamente injustos. Es posible que el señor de Talleyrand sea un gran financiero, que el señor de La Fayette sea un tirano y Désaugiers, un administrador. Si al año siguiente tuvieras cuarenta mujeres, públicamente solo te atribuirían una. La fatuidad, por tanto, amigo Paul, es indicio de que se ha conquistado un innegable poder sobre la raza de las hembras. A un hombre al que aman varias mujeres se lo considera con cualidades superiores y hay entonces una rebatiña para conseguir al pobre infeliz. Pero ¿crees que no tiene también su importancia gozar del derecho de llegar a un salón, de mirar a todo el mundo por encima de la corbata o a través de un monóculo y poder despreciar al hombre más superior si lleva un chaleco pasado de moda? ¡Laurent, me estás haciendo daño! Después de almorzar, Paul, iremos a Les Tuileries a ver a la adorable muchacha de los ojos de oro.

Cuando, tras haber almorzado espléndidamente, los dos jóvenes hubieron recorrido la terraza de Les Feuillants y el paseo principal de Les Tuileries, no se toparon por parte alguna con la sublime Paquita Valdés, por cuenta de la cual había allí cincuenta de los jóvenes más elegantes de París, todos oliendo a almizcle, todos de corbata alta, con botas, con espuelas, blandiendo la fusta, caminando, hablando, riendo y dándose a todos los demonios.

—Compuestos y sin caza —dijo Henri—, pero se me ha ocurrido una idea estupenda. Esa joven recibe cartas de Londres. Hay que comprar o emborrachar al cartero, quitarle el lacre a la carta, leerla, por descontado, meter dentro una notita amorosa y volverla a lacrar. El tirano viejo, crudel tiranno, no puede por menos de conocer a la persona que escribe esas cartas que vienen de Londres y ya no desconfía de ella.

A la mañana siguiente, De Marsay volvió a pasearse tomando el sol por la terraza de Les Feuillants y vio a Paquita Valdés; la pasión ya la había embellecido a sus ojos. Se turbó muy mucho con aquellas pupilas cuyos rayos parecían de la misma clase que los que lanza el sol y cuyo ardor resumía el de ese cuerpo perfecto en el que todo era voluptuosidad. De Marsay ardía en deseos de rozar el vestido de aquella seductora muchacha cuando se cruzaban, al pasear; mas sus intentos eran siempre vanos. Hubo un momento, cuando había rebasado ya a la dueña y a Paquita para poder hallarse del lado de la muchacha de los ojos de oro cuando se diera la vuelta, en que Paquita, no menos impaciente, se acercó con rapidez y De Marsay notó que le apretaba la mano de una forma a la vez tan presta y tan apasionadamente significativa que le pareció que le había dado un chispazo eléctrico. Le brotaron en aquel momento del corazón todas las emociones de la juventud. Cuando los dos enamorados se miraron, Paquita pareció avergonzada; bajó la mirada para no verle otra vez los ojos a Henri, pero se le fue hacia abajo para mirar los pies y el talle de aquel a quien las mujeres llamaban antes de la revolución su vencedor.

«Esta muchacha será mi amante, está decidido», se dijo Henri.

Yendo en pos de ella hasta el extremo de la terraza, por la parte de la plaza de Luis XV, divisó al anciano marqués de San Real, que paseaba apoyado en el brazo de su ayuda de cámara, caminando con todas las precauciones de un gotoso y de un caquéctico. Doña Concha, que no se fiaba de Henri, hizo que Paquita se colocase entre ella y el anciano.

«Bah, a ti —se dijo De Marsay, con una mirada de desprecio a la dueña—, si no hay forma de hacerte capitular, ya te dormiremos con un poco de opio. Estamos al tanto de la mitología y de la fábula de Argos.»

Antes de subir al coche, la muchacha de los ojos de oro cruzó con su enamorado unas cuantas miradas cuya expresión no dejaba lugar a dudas y que entusiasmaron a Henri; pero la dueña sorprendió una de ellas y le dijo unas palabras vehementes a Paquita, que se metió de golpe en el cupé con cara de desesperación. Paquita estuvo unos días sin ir a Les Tuileries. Laurent, que, obedeciendo órdenes de su señor, fue a montar guardia en las inmediaciones del palacete, supo por los vecinos que ni las dos mujeres ni el anciano habían salido desde el día en que la dueña sorprendió una mirada entre la joven a quien custodiaba y Henri. El debilísimo vínculo que unía a ambos enamorados ya se había roto pues.

Pocos días después, sin que nadie supiera por qué medios, De Marsay había cumplido su propósito; tenía un sello y cera idénticos al sello y la cera que llevaban las cartas enviadas desde Londres a la señorita Valdés, papel semejante al que usaba el corresponsal y, además, todos los utensilios y los hierros necesarios para poner los sellos de correos ingleses y franceses. Había escrito la siguiente carta, a la que dio todos los rasgos de una carta enviada desde Londres:

Querida Paquita, no intentaré describirle con palabras la pasión que me ha inspirado. Si, para dicha mía, es compartida, sepa que he encontrado el medio para mantener una correspondencia con usted. Me llamo Adolphe de Gouges y vivo en el número 54 de la calle de L'Université. Si la vigilan demasiado para que pueda escribirme, si no tiene ni papel ni pluma, lo sabré por su silencio. Por lo tanto, si mañana, entre las ocho de la mañana y las diez de la noche, no ha arrojado una carta por encima de la tapia de su jardín al del barón de Nuncingen, en donde alguien estará a la espera todo el día, un hombre que me es completamente fiel le hará llegar dos frascos, a la mañana siguiente a las diez, por encima de la tapia, atados a una cuerda. Pasee usted por allí hacia esa hora. En uno de los frascos habrá opio para dormir a su Argos; bastará con darle seis gotas. En el otro, habrá tinta. El frasco de la tinta está tallado, el otro es liso. Ambos son lo bastante planos para que los pueda esconder en el corpiño. Cuanto llevo ya hecho para poder escribirme con usted debe indicarle cuánto la amo. Si le caben dudas de ello, le confieso que para conseguir una cita de una hora estaría dispuesto a dar la vida.

«Y se creen cosas así esas pobre criaturas —se dijo De Marsay—. Pero tienen razón. ¿Qué nos parecería una mujer que no se dejase seducir por una carta de amor a la que acompañan circunstancias tan probatorias?»

La carta la entregó el compadre Moinot, cartero, a la mañana siguiente, a eso de las ocho, al portero de la mansión San Real.

Para estar más cerca del campo de batalla, De Marsay fue a almorzar a casa de Paul, que vivía en la calle de La Pépinière. A las dos, cuando los dos amigos se estaban contando entre risas los reveses de un joven que había pretendido llevar el tren de vida de una existencia elegante sin una fortuna sólida y le estaban pronosticando un final, el cochero de Henri fue a buscar a su señor y le presentó a un personaje misterioso que quería a toda costa hablarle personalmente. Era el tal personaje un mulato que, por descontado, habría servido de inspiración a Talma para interpretar el papel de Otelo si lo hubiera conocido. Nunca rostro africano expresó mejor la nobleza dentro de la venganza, la rapidez de la sospecha, la prontitud en la ejecución de una idea, la fuerza del moro y su infantil irreflexión. Los ojos negros tenían la fijeza de los ojos de un ave de presa y los engarzaba, como si de un buitre se tratase, una membrana azulada desprovista de pestañas. En la frente, estrecha y breve, había algo amenazador. Estaba claro que aquel hombre se hallaba sometido al yugo de un único pensamiento. Su convulso brazo no le pertenecía. Lo seguía un hombre a quien todas las imaginaciones, desde las que tiritan en Groenlandia hasta las que sudan en Nueva Inglaterra, concebirán al leer esta frase: Era un hombre desdichado. Al ver esta frase, todo el mundo lo intuirá y lo supondrá según las ideas particulares de cada país. Pero ¿quién se figurará aquel rostro blanco, arrugado, rojo en las extremidades y aquella barba larga? ¿Quién verá aquella corbata amarillenta y hecha un cordel, aquel cuello de camisa seboso, aquel sombrero tan usado, aquella levita verdosa, aquel pantalón hecho una pena, aquel chaleco enroscado, aquel alfiler de oro de imitación, aquellos zapatos sucísimos cuyos cordones habían estado a remojo en el barro? ¿Quién lo concebirá en toda la inmensidad de su miseria presente y pasada? ¿Quién? Solo un parisino. El hombre desdichado de París es el hombre totalmente desdichado, pues es aún capaz del contento que le permite saber cuán desdichado es. El mulato parecía un verdugo de Luis XI que llevara a un hombre a la horca.

—¿De dónde han salido estos dos bribones? —dijo Henri.

—¡Demontre! Y hay uno que me da escalofríos —dijo Paul.

—¿Y quién eres tú, que pareces el más cristiano de los dos? —preguntó Henri, mirando al hombre desdichado.

El mulato siguió con la mirada clavada en aquellos dos jóvenes, como hombre que no oyera nada, pero, no obstante, intentase adivinar algo por los ademanes y el movimiento de los labios.

—Soy escribano e intérprete. Vivo en el Palacio de Justicia y me llamo Poincet.

—Bien. ¿Y éste? —le dijo Henri a Poincet señalando al mulato.

—No lo sé, solo habla algo así como un dialecto español y me ha traído para poder entenderse con ustedes.

El mulato se sacó del bolsillo la carta que le había escrito Henri a Paquita y se la entregó. Henri la arrojó al fuego.

«Bueno, esto ya parece que va tomando forma», se dijo Henri.

—Paul, déjanos solos un momento.

—Le he traducido la carta —siguió diciendo el intérprete cuando estuvieron a solas—. Después de traducírsela, se fue a no sé dónde. Luego volvió a buscarme para traerme aquí, prometiéndome dos luises.

—¿Qué tienes que decirme, mequetrefe? —preguntó Henri.

—No le he traducido eso de mequetrefe —dijo el intérprete mientras esperaban la respuesta del mulato—. Dice, señor —añadió, tras haber escuchado al desconocido—, que tiene usted que estar mañana por la noche a las diez y media en el bulevar de Montmartre, junto al café. Verá allí un coche y se subirá en él diciendo a la persona que estará esperando para abrirle la portezuela la palabra cortejo, una palabra española para decir enamorado —añadió Poincet, lanzándole una mirada de enhorabuena a Henri.

—¡Bien!

El mulato quiso darle dos luises, pero De Marsay no lo consintió y recompensó al intérprete; mientras le pagaba, el mulato soltó unas cuantas palabras.

—¿Qué dice?

—Me avisa —respondió el hombre desdichado— de que si cometo una sola indiscreción, me estrangulará. Es un chico muy agradable y tiene mucha pinta de ser capaz de hacerlo.

—Estoy seguro de ello —dijo Henri—. Lo haría tal y como lo dice.

—Dice además —siguió el intérprete— que la persona que lo envía le ruega a usted, por usted y por ella, que actúe con la mayor de las prudencias, porque los puñales que penden sobre sus cabezas les caerían en el corazón sin que hubiera poder humano que pudiese ampararlos.

—¡Eso ha dicho! Tanto mejor, así será más divertido… Pero ¡si ya puedes entrar, Paul! —le gritó a su amigo.

El mulato, que no había dejado de mirar al enamorado de Paquita Valdés con atención magnética, se fue, seguido del intérprete.

—Por fin; he aquí una aventura bien novelesca —se dijo Henri al volver Paul—. A fuerza de tener arte y parte en unas cuantas, al fin he dado en este París con una intriga a la que acompañan circunstancias graves y peligros de primera categoría. ¡Ah, diantre, y qué atrevidas se vuelven las mujeres con el peligro! Estorbar a una mujer, pretender ponerle trabas ¿no es acaso darle el derecho y el valor para cruzar en un segundo barreras que tardaría años en saltar? ¡Salta, salta, encantadora muchacha! ¿Morir? ¡Pobre niña! ¿Puñales? ¡Imaginaciones de mujeres! Todas sienten la necesidad de dar a valer sus bagatelas. ¡Y, además, ya nos lo plantearemos, Paquita, ya nos lo plantearemos, hermosa! El diablo me lleve, ahora que ya sé que esa preciosidad, esa obra de arte de la naturaleza, es mía, la aventura ha perdido la gracia.

Pese a la ligereza de la frase, el hombre joven había vuelto al temperamento de Henri. Para esperar hasta el día siguiente sin padecer, echó mano de placeres desmedidos: jugó, cenó y volvió a cenar con los amigos, bebió como un cosaco, comió como un alemán y ganó diez o doce mil francos. Salió de Le Rocher de Cancale a las dos de la mañana, durmió como un niño, se despertó a la mañana siguiente como una rosa y de buen color y se vistió para ir a Les Tuileries, con la intención de montar a caballo, después de haber visto a Paquita, para hacer apetito y cenar mejor y, así, consumir mejor el tiempo.

A la hora fijada, Henri estuvo en el bulevar, vio el coche y dio el santo y seña a un hombre que le pareció ser el mulato. Al oír la palabra, el hombre abrió la portezuela y bajó prestamente el estribo. Henri se vio transportado por París a tal velocidad y sus pensamientos le dejaron tan poca facultad para fijarse en las calles por las que pasaba que no supo dónde se detenía el coche. El mulato lo introdujo en una casa cuya escalera estaba cerca de la puerta cochera. Aquella escalera era oscura, y también el rellano en el que Henri tuvo que esperar durante el tiempo que el mulato tardó en abrir la puerta de una vivienda húmeda y nauseabunda, sin luz, y cuyas habitaciones, que apenas iluminaba la vela que su guía halló en el recibidor, le parecieron vacías y mal amuebladas, como las de una casa cuyos moradores están de viaje. Reconoció la sensación que le proporcionaba la lectura de una de esas novelas de Anne Radcliffe en las que el protagonista cruza por las salas frías, oscuras e inhabitadas de cualquier lugar triste y desierto. Por fin, el mulato abrió la puerta de un salón. El estado de los muebles viejos y las colgaduras tazadas que ornaban la habitación le daban aspecto de salón de casa de mala nota. Era la misma pretensión de elegancia y la misma conjunción de objetos de mal gusto, de polvo y de mugre. En un sofá tapizado de terciopelo de Utrecht rojo, junto a una chimenea que humeaba y cuya lumbre estaba enterrada en las cenizas, se hallaba una mujer vieja, bastante mal vestida, tocada con uno de esos turbantes que saben inventar las mujeres inglesas cuando llegan a cierta edad y tendrían un éxito tremendo en China, donde el perfecto ideal de los artistas es la monstruosidad. Aquel salón, aquella mujer vieja, aquel hogar frío, todo habría congelado el amor si no hubiera estado allí Paquita, en un confidente, con una voluptuosa bata, libre para lanzar miradas de oro y llamas, libre para enseñar el pie arqueado, libre para sus ademanes luminosos. Aquella primera entrevista fue lo que son todas las primeras citas entre personas apasionadas que salvan rápidamente las distancias y se desean ardientemente aunque no se conozcan. Es imposible que no aparezcan al principio ciertas discordancias en tan violenta situación, hasta el momento en que las almas se entonan juntas. Si el deseo da atrevimiento al hombre y lo predispone a no respetar nada, en cambio, so pena de no ser mujer, la amante, por muy extremoso que sea su amor, se asusta al hallarse tan pronto en la meta y enfrentada con la necesidad de entregarse, cosa que para muchas mujeres equivale a caer a un abismo en cuyo fondo no saben qué se van a encontrar. La frialdad involuntaria de esa mujer contrasta con su confesada pasión y fuerza una reacción en el amante más prendado. Esos pensamientos, que con frecuencia flotan como vapores en torno a las almas, les dan, pues, algo así como una enfermedad pasajera. En el dulce viaje que dos seres emprenden, cruzando las hermosas comarcas del amor, ese momento es como una landa que hay que cruzar, una landa sin brezos, ora húmeda ora caliente, llena de arenas abrasadoras, interrumpida por pantanos, y que lleva a los risueños bosquecillos tapizados de rosas donde se despliegan el amor y su cortejo de placeres en alfombras de delicadas plantas. Suele suceder que al hombre ocurrente lo aqueje una risa estúpida que le sirve de respuesta para todo; se le queda el ingenio como embotado bajo la helada compresión de sus deseos. Entraría dentro de lo posible que dos seres igualmente hermosos, ocurrentes y apasionados dijeran de entrada los lugares comunes más sandios, hasta que la casualidad de una palabra, el temblor de cierta mirada, la transmisión de una chispa, los haga dar con la feliz transición que los conduzca al sendero florido por el que no se camina, sino que se rueda, aunque sin bajar. Tal estado de ánimo va siempre ajustado a la violencia de los sentimientos. Dos seres que se tienen un amor endeble no sienten nada así. El efecto de esta crisis puede también compararse al que produce el fuego de un cielo puro. La naturaleza parece, a primera vista, cubierta con un velo de gasa, el azul del firmamento parece negro, la luz extrema se asemeja a las tinieblas. Tanto en Henri como en la española había una violencia igual: y esa ley de la estática según la cual dos fuerzas idénticas se anulan al encontrarse podría ser también cierta en el reino de lo espiritual. El embarazo del momento creció singularmente también por la presencia de aquella momia vieja. El amor se asusta o se regocija con todo; para él, todo tiene un sentido, todo es un presagio dichoso o funesto. Aquella mujer decrépita estaba allí como un desenlace posible y era la representación de la aterradora cola de pescado con la que los simbólicos genios griegos remataron a las Quimeras y a las Sirenas, tan seductoras, tan decepcionantes por la parte de arriba como lo son todas las pasiones al principio. Aunque Henri era no un hombre duro de pelar, porque esa expresión es siempre una burla, sino un hombre de extraordinaria fuerza, un hombre tan grande como se puede ser cuando no se tienen creencias, el conjunto de todas aquellas circunstancias lo sobrecogió. Por lo demás, los hombres más fuertes son, por naturaleza, los que más se impresionan y, en consecuencia, los más supersticiosos, si es que se puede llamar superstición al prejuicio del primer impulso, que es una previsión del resultado hallada en las causas que se ocultan a otros ojos, pero que los suyos ven.

La española aprovechaba aquel momento de pasmo para ceder al éxtasis de esa adoración infinita que se apodera del corazón de una mujer cuando ama de veras y se halla en presencia de un ídolo esperado en vano. Sus ojos eran pura alegría, pura dicha, y brotaban chipas de ellos. Era presa del hechizo y se embriagaba sin temor de una felicidad mucho tiempo soñada. Le pareció entonces tan maravillosamente hermosa a Henri que toda aquella fantasmagoría de harapos, de vejez, de colgaduras rojas y tazadas, de esteras verdes delante de los sillones, que los baldosines rojos mal fregados, que todo aquel lujo inválido y enfermizo desapareció en el acto. El salón se iluminó, no vio ya sino a través de una nube a la espantosa harpía, quieta y muda en el sofá rojo, y en cuyos ojos amarillos se traicionaban los sentimientos serviles que la desgracia inspira o que son fruto de un vicio del que se es esclavo como se está bajo el dominio de un tirano que nos embrutece bajo el flagelo de su despotismo. Tenían sus ojos el brillo frío de los de un tigre enjaulado que conoce su impotencia y se ve obligado a tragarse las ansias de destrucción.

—¿Quién es esa mujer? —le preguntó Henri a Paquita.

Pero Paquita no respondió. Le indicó a Henri por señas que no entendía el francés y le preguntó si hablaba inglés. De Marsay repitió la pregunta en inglés.

—Es la única mujer de la que puedo fiarme, aunque ya me haya vendido alguna vez —dijo Paquita tranquilamente—. Mi querido Adolphe, es mi madre, una esclava comprada en Georgia por su rara belleza, aunque de ésta quede ahora poca cosa ya. No habla más que su lengua materna.

El comportamiento de aquella mujer, y su deseo de adivinar, por los gestos de su hija y de Henri, lo que sucedía entre ellos, le quedaron aclarados de repente al joven, y la aclaración lo hizo sentirse a sus anchas.

—Paquita —dijo—, así pues, ¿nunca seremos libres?

—¡Nunca! —dijo ella con expresión triste—. E incluso tenemos pocos días.

Bajó los ojos, se miró la mano y echó cuentas en los dedos de la mano derecha con los dedos de la mano izquierda, mostrando así las manos más hermosas que hubiera visto nunca Henri.

—Uno, dos, tres…

Contó hasta doce.

—Sí —dijo—, tenemos doce días.

—¿Y luego?

—Luego —dijo, quedándose ensimismada como una mujer que se siente débil ante el hacha del verdugo y muere de antemano de un temor que la priva de la espléndida energía que la naturaleza no parecía haberle concedido más que para acrecentar la voluptuosidad y convertir en poemas sin fin los más groseros placeres—, luego —repitió, se le quedó perdida la mirada y pareció contemplar algún objeto lejano y amenazador— no lo sé —añadió.

«Esta muchacha está loca», se dijo Henri, que cayó a su vez en extrañas reflexiones.

Paquita le pareció absorta en algo que no era él, igual que una mujer sometida por igual al imperio del remordimiento y de la pasión. Quizá tenía en el corazón otro amor, que olvidaba y recordaba por turnos. A Henri lo asaltaron miles de pensamientos contradictorios. Aquella muchacha se convirtió en un misterio para él; pero según la contemplaba, con la sabia atención del hombre de vuelta de todo y hambriento de nuevas voluptuosidades, igual que aquel rey de Oriente que pedía que le creasen un placer, sed espantosa, de esos que embargan las almas grandes, Henri advertía en Paquita la más rica combinación que, para el amor, se hubiera complacido en formar la naturaleza. El presunto funcionamiento de aquella maquinaria, dejando aparte el alma, habría asustado a cualquier hombre que no fuera De Marsay; pero lo fascinó tan rica cosecha de placeres prometidos, tan constante variedad en la dicha, el sueño de cualquier hombre y que cualquier mujer amorosa también ambiciona. Lo sacó de quicio lo infinito convertido en palpable y trasladado a los más extremosos goces de la criatura. Vio todo aquello en esa muchacha con más claridad de lo que lo había visto nunca, pues ella dejaba que la mirase con complacencia, dichosa de que la admirasen. La admiración de De Marsay se convirtió en una furia secreta y la desveló por completo al lanzar una mirada que la española entendió como si estuviera acostumbrada a recibir otras semejantes.

—¡Si tuvieras que ser de alguien más que mía, me mataría! —exclamó él.

Al oír esta palabra, Paquita se cubrió el rostro con las manos y exclamó ingenuamente:

—Virgen santa, ¿en qué me he metido?

Se levantó y fue a arrojarse sobre el sofá rojo, hundió la cabeza en los harapos que le cubrían el seno a su madre y lloró. La vieja acogió a su hija sin salir de su inmovilidad, sin darle muestras de nada. La madre tenía, en el máximo grado, esa circunspección de los pueblos salvajes, esa impasibilidad de la estatuaria con la que fracasa la observación. ¿Quería o no a su hija? No hay respuesta. Tras aquella máscara germinaban todos los sentimientos humanos, los buenos y los malos, y de una criatura así se puede esperar todo. Su mirada iba despacio de los hermosos cabellos de su hija, que la cubrían como una mantilla, al rostro de Henri, que escrutaba con indecible curiosidad. Parecía preguntarse por qué sortilegio se hallaba en aquel lugar, por qué capricho había hecho la naturaleza a un hombre tan seductor.

«¡Estas mujeres se están riendo de mí!», se dijo Henri.

En aquel momento, Paquita alzó la cabeza y le dirigió una de esas miradas que llegan hasta el alma y la abrasan. A él le pareció tan hermosa que se juró que había de poseer aquel tesoro de belleza.

—Mi Paquita, ¡sé mía!

—¿Quieres matarme? —preguntó ella, medrosa, trémula, inquieta, pero volviendo a él por una fuerza inexplicable.

—¡Matarte yo! —dijo él sonriente.

Paquita lanzó un grito de temor y le dijo algo a la vieja, quien les cogió resueltamente la mano a Henri y a su hija, estuvo mucho rato mirándolas y las soltó asintiendo con la cabeza de forma espantosamente significativa.

—Sé mía ahora esta noche, ahora mismo, sígueme, no me dejes. ¡Así lo quiero, Paquita! ¿Me amas? ¡Ven!

En un segundo le dijo mil palabras insensatas con la velocidad de un torrente que brinca entre rocas y repite el mismo sonido bajo mil formas diferentes.

—¡Es la misma voz! —dijo Paquita melancólicamente, sin que De Marsay pudiera entender a qué se refería—. Y... el mismo ardor —añadió—. Pues bien, sí —dijo luego con una entrega y una pasión que nada podría expresar—. Sí, pero no esta noche. Esta noche, Adolphe, no le he dado suficiente opio a la Concha, podría despertarse y yo estaría perdida. En este momento, toda la casa cree que duermo en mi cuarto. Ven dentro de dos días al mismo sitio y di la misma palabra al mismo hombre. Ese hombre es mi padre putativo. Christemio me adora y moriría por mí bajo tortura sin que le arrancasen una palabra en perjuicio mío. Adiós —dijo aferrándose al cuerpo de Henri y enroscándose entorno como una serpiente.

Lo estrechó por todos lados a un tiempo, le llevó la cabeza bajo la de ella, le ofreció los labios y le tomó un beso que les dio tal vértigo a ambos que De Marsay creyó que se abría la tierra y Paquita gritó: «Vete», con una voz que anunciaba de forma bastante clara cuán poco dueña era de sí misma. Pero se lo guardó todo dentro y siguió gritándole: «Vete», mientras lo conducía despacio hacia la escalera.

Allí, el mulato, a quien se le encendieron los ojos blancos al ver a Paquita, le quitó la antorcha de las manos a su ídolo y llevó a Henri hasta la calle. Dejó la antorcha en el portal, abrió la portezuela, hizo que Henri subiera de nuevo al coche y lo llevó al bulevar de Les Italiens con maravillosa celeridad. Los caballos parecían tener el demonio en el cuerpo.

A De Marsay la escena le parecía un sueño; pero uno de esos sueños que, según se desvanecen, dejan en el alma una sensación de voluptuosidad sobrenatural, que cualquier hombre persigue toda la vida. Un único beso había bastado. Ninguna cita había transcurrido de forma más decente ni más casta, ni más fría quizá, ni en lugar más espantoso en lo tocante a los detalles, ni ante una divinidad más odiosa, pues aquella madre se le había grabado a Henri en la imaginación como algo infernal, acurrucado, cadavérico, vicioso, salvajemente feroz, que la fantasía de los pintores no había intuido aún. Nunca, efectivamente, cita alguna le había exasperado más los sentidos, le había revelado voluptuosidades más atrevidas, había hecho brotar mejor el amor de su núcleo central para expandirse en torno a hombre alguno como una atmósfera. Fue algo sombrío, misterioso, dulce, tierno, cohibido y expansivo, una cópula de lo espantoso y lo celestial, del paraíso y del infierno, que hizo a De Marsay sentirse como ebrio. Estaba fuera de sí; pero tenía categoría suficiente para resistir a la embriaguez del placer.

Para poder entender bien su comportamiento cuando esta historia llegue al desenlace, es necesario explicar de qué forma se le había ensanchado el alma a una edad en que los jóvenes suelen achicarse al mezclarse con las mujeres o al estar demasiado pendientes de ellas. Había crecido gracias a un concurso de circunstancias secretas que lo revestían de un inmenso poder desconocido. Aquel joven llevaba en la mano un cetro más poderoso que el de los reyes modernos, pues a casi todos los traban las leyes en sus mínimas voluntades. De Marsay ejercía el poder autocrático del déspota oriental. Pero aquel poder, que de forma tan necia ejercen en Asia hombres embrutecidos, lo multiplicaba por diez la inteligencia europea y el ingenio francés, la más aguda y la más acerada de todas las herramientas intelectuales. Henri podía hacer cuanto quisiera en interés de sus placeres y vanidades. Aquella invisible acción sobre el mundo de la buena sociedad lo había investido de una majestad verdadera, pero secreta, sin énfasis, que lo tenía replegado en sí mismo. Y de sí mismo tenía no la opinión que de sí podía tener Luis XV, sino la que podría tener el más orgulloso de los califas, de los faraones, de los Jerjes, que se creían de raza divina cuando imitaban a Dios velándose ante sus súbditos so pretexto de que sus miradas acarreaban la muerte. De esta forma, sin remordimiento alguno por ser a la vez juez y parte, De Marsay condenaba fríamente a muerte al hombre o a la mujer que lo hubieran ofendido gravemente. Aunque las más de las veces la dictase casi a la ligera, la sentencia era irrevocable. Un error era una desdicha semejante a la que causa el rayo cuando cae sobre una parisina feliz, que va en un coche de punto, en vez de fulminar al cochero viejo que la lleva a una cita. En consecuencia, la guasa amarga e intensa que caracterizaba la conversación del joven solía asustar por lo general: a nadie le apetecía irritarlo. A las mujeres les gustan de forma prodigiosa esas personas que se autoproclaman bajás, parecen ir acompañadas de leones y de verdugos y caminan rodeadas de un aparatoso terror. Ello redunda, en esos hombres, en seguridad en el comportamiento, altanería en la mirada, conciencia leonina, en todo lo cual se plasma, para las mujeres, la clase de fuerza con la que todas sueñan. Así era De Marsay.

Dichoso en aquel momento ante el porvenir que lo esperaba, volvió a ser joven y flexible y, al ir a acostarse, no pensaba sino en amar. Soñó con la muchacha de los ojos de oro como sueñan los jóvenes apasionados. Hubo en el sueño imágenes monstruosas, rarezas insondables, llenas de luz y que dejan ver mundos invisibles, pero de forma siempre incompleta, pues se interpone un velo que cambia las condiciones ópticas. Al día siguiente y al otro desapareció, sin que nadie pudiera saber dónde había ido. Su poder solo le pertenecía merced al cumplimiento de determinadas condiciones y, afortunadamente para él, durante esos dos días fue soldado raso al servicio del demonio, cuya existencia con poderes de talismán poseía. Pero a la hora fijada, por la noche, en el bulevar, estaba el coche, que no se hizo esperar. El mulato se acercó a Henri para decirle en francés una frase que parecía haberse aprendido de memoria:

—Me ha dicho ella que si quiere venir tiene que dejar que le vende los ojos.

Y Christemio le enseñó una bufanda de seda blanca.

—¡No! —dijo Henri, cuya omnipotencia se rebeló de pronto.

Y quiso subir. El mulato hizo una seña y el coche echó a andar.

—¡Sí! —gritó De Marsay, rabioso por quedarse sin una dicha que se había prometido. Por lo demás, se daba cuenta de la imposibilidad de capitular ante un esclavo cuya obediencia era tan ciega como la de un verdugo. Y, además, ¿era en ese instrumento pasivo en quien debía recaer su ira?

El mulato silbó, el coche regresó. Henri subió a toda prisa. Ya se estaban agolpando bobaliconamente en el bulevar unos cuantos curiosos. Henri era fuerte. Quiso dejar al mulato con un palmo de narices. Cuando partió el coche a galope tendido, le cogió las manos para someterlo y poder conservar, tras domeñar a su vigilante, el ejercicio de sus facultades y saber dónde iba. Intentona inútil. Los ojos del mulato relampaguearon en la sombra. El hombre lanzó gritos que el furor hacía expirar en la garganta, se liberó, rechazó a De Marsay con mano de hierro y lo clavó, por así decirlo, al fondo del coche; luego, con la mano libre, sacó un puñal triangular al tiempo que silbaba. El cochero oyó el silbido y se detuvo. Henri estaba desarmado y no le quedó más remedio que doblegarse; alargó la cabeza hacia la bufanda. Aquel gesto de sumisión aplacó a Christemio, quien le vendó los ojos con un respeto y un cuidado que daban fe de una suerte de veneración hacia la persona del hombre a quien su ídolo amaba. Pero, antes de tomar esa precaución, se había guardado el puñal con desconfianza en un bolsillo lateral y se había abrochado hasta la barbilla.

«¡Habría sido capaz de matarme el mequetrefe este!», se dijo De Marsay.

El coche volvió a rodar a toda prisa. A un joven que conocía París tan bien como Henri le quedaba un recurso. Para saber dónde iba, le bastaba con aplicarse mucho y contar, por el número de arroyos que cruzasen, las calles por delante de las cuales iban a pasar en los bulevares mientras el coche siguiera un camino recto. Podía así darse cuenta de por qué calle lateral iría el coche bien hacia el Sena, bien hacia las elevaciones de Montmartre, y adivinar el nombre o la situación de la calle en donde mandase parar el guía. Pero la emoción violenta que le había causado la lucha, la rabia que le infundía su dignidad puesta en entredicho, las ideas de venganza a las que estaba entregado, las suposiciones que le sugería el minucioso cuidado que ponía aquella muchacha misteriosa en hacerlo llegar hasta ella, todo le impidió la atención ciega necesaria para la concentración de la inteligencia y la perfecta perspicacia del recuerdo. El trayecto duró alrededor de media hora. Cuando el coche se detuvo, no rodaba ya sobre adoquines. El mulato y el cochero cogieron a Henri de una brazada, lo alzaron en volandas, lo colocaron en algo así como unas angarillas y lo transportaron cruzando un jardín, cuyas flores olió, y también el aroma peculiar de los árboles y de la vegetación. Reinaba un silencio tan profundo que pudo oír el ruido de algunas gotas de agua al caer de las hojas húmedas. Los dos hombres lo subieron por una escalera, lo hicieron levantarse, lo condujeron a través de varias habitaciones llevándolo por las manos y lo dejaron en un cuarto cuyo ambiente estaba perfumado y cuya gruesa alfombra notó bajo los pies. Una mano de mujer lo empujó hasta un sofá y le desató la bufanda. Henri vio a Paquita ante él, pero a Paquita en todo su esplendor de mujer voluptuosa.

La mitad del gabinete en donde se hallaba Henri trazaba una línea circular de grácil suavidad, que se oponía a la otra parte, perfectamente cuadrada, en cuyo centro relucía una chimenea de mármol blanco y oro. Había entrado por una puerta lateral que ocultaba un rico tapiz que hacía de portier y estaba enfrente de una ventana. La herradura se ornaba con un auténtico diván turco, es decir, un colchón colocado en el suelo, pero un colchón ancho como una cama, un diván de cincuenta pies de perímetro, de casimir blanco que animaban unas borlas de cintas, de seda negra y punzó, dispuestas en rombos. El respaldo de aquella gigantesca cama asomaba varias pulgadas por encima de los numerosos almohadones que la hacían aún más suntuosa con el buen gusto de sus adornos. Estaba aquel gabinete tapizado de un tejido rojo sobre el que habían colocado una muselina de las Indias acanalada como una columna corintia, con canaladuras de bulto y cavadas, alternativamente, que acababan por arriba y por abajo en unas tiras de tela punzó en las que había dibujados arabescos negros. Tras la muselina, el punzó se tornaba rosa, amoroso color que se repetía en las cortinas de la ventana, que eran de muselina de las Indias forrada de tafetán rosa y adornadas con flecos punzó mezclados con flecos negros. El tapizado de las paredes sujetaba, a distancias iguales para iluminar el diván, seis brazos de plata sobredorada en cada uno de los cuales había dos velas. El techo, de cuyo centro colgaba una araña de plata sobredorada mate, resplandecía de blancura, y la cornisa era dorada. La alfombra parecía un chal de Oriente, se veían en ella esos mismos dibujos y recordaba a las poesías de Persia en donde la habían tejido manos de esclavos. Los muebles estaban cubiertos de casimir blanco realzado con adornos negros y punzó. El reloj de sobremesa, los candelabros, todo era de mármol blanco y oro. La única mesa que había tenía por tapete un chal de casimir. Elegantes jardineras contenían rosas de todas las especies, flores o blancas o rojas. El mínimo detalle, en fin, parecía fruto de un primor amoroso. Nunca se había ocultado con mayor coquetería la riqueza para parecer elegancia, para expresar la gracia, para inspirar voluptuosidad. En aquel lugar todo habría caldeado al más frío de los seres. Las aguas que hacía el tapizado de la pared, cuyo color cambiaba según la dirección de la mirada, volviéndose blanco del todo o rojo del todo, hacían juego con los efectos de la luz, que se infiltraba en los diáfanos cañutos de la muselina, engendrando vaporosas apariencias. El alma siente no se sabe qué apego por el color blanco, el amor se complace en el color rojo, y el oro exalta las pasiones, tiene el poder de hacer que se cumplan sus fantasías. Por lo tanto, todo cuanto, inconcreto y misterioso en sí, lleva dentro el hombre, todas las involuntarias simpatías de sus afinidades inexplicadas se halagaban allí. Había en aquella armonía perfecta un concierto de colores al que el alma respondía con pensamientos voluptuosos, indecisos, flotantes.

Fue en un vaporoso ambiente cargado de perfumes exquisitos donde se le apareció a Henri Paquita, llevando una bata blanca, descalza, con flores de azahar en el pelo negro, arrodillada ante él, adorándolo como al dios de aquel templo adonde se había dignado acudir. Aunque De Marsay estaba acostumbrado a ver los refinamientos del lujo parisino, le sorprendió el aspecto de esa concha, semejante a aquella en que nació Venus. Bien fuera efecto del contraste entre las tinieblas de las que salía y la luz que le inundaba el alma, bien fuera por una rápida comparación entre aquel escenario y el de la primera entrevista, notó una de esas sensaciones deliciosas que proceden de la poesía auténtica. Al divisar, en el centro de aquel recinto nacido de la varita mágica de un hada, a la obra maestra de la creación, a aquella muchacha cuyo cutis de cálidos tonos, cuya piel suave, pero que doraban levemente los reflejos del color rojo y no sé qué vapor amoroso, resplandecía como si devolviera los rayos de las luces y de los colores, su ira, sus deseos de venganza, su vanidad herida, todo cesó. Como un águila que cae sobre la presa, la ciñó en un abrazo, se la sentó en las rodillas y notó con indecible embriaguez la voluptuosa presión de aquella muchacha cuyos encantos, tan opulentamente desarrollados, lo rodearon con suavidad.

—¡Ven, Paquita! —dijo en voz baja.

—¡Habla! Habla sin temor —le dijo ella—. Este retiro se construyó para el amor. Tan ambicioso es el deseo de conservar los acentos y las melodías de la voz amada que ningún sonido sale de él. Por muy altos que fueran unos gritos no podrían oírse más allá de estas paredes. Aquí es posible asesinar a alguien y sus quejas serían en vano, igual que si estuviera en medio del Gran Desierto.

—¿Quién, pues, ha entendido tan bien los celos y sus necesidades?

—Nunca me preguntes nada acerca de eso —respondió ella, desanudando con ademán increíblemente gentil la corbata del joven, sin duda para verle bien el cuello—. ¡Sí, aquí está este cuello que me gusta tanto! —dijo—. ¿Quieres complacerme?

Esta pregunta, cuya entonación tornaba casi lasciva, arrancó a De Marsay del ensimismamiento en que lo había sumido la despótica respuesta con que Paquita le había prohibido cualquier pesquisa acerca del ser desconocido que se cernía como una sombra sobre sus cabezas.

—¿Y si yo quisiera saber quién reina aquí?

Paquita lo miró temblorosa.

—Así que no soy yo —dijo él, levantándose y liberándose de aquella muchacha, que cayó con la cabeza hacia atrás—. Quiero ser el único allí donde esté.

—¡Asombroso! ¡Asombroso! —dijo la pobre esclava, presa del terror.

—Pero ¿por quién me tomas? ¿Vas a contestarme?

Paquita se levantó despacio, con los ojos llorosos, fue a sacar de uno de los dos muebles de ébano un puñal y se lo tendió a Henri con un ademán de sumisión que habría enternecido a un tigre.

—Dame una fiesta como dan los hombres cuando aman —dijo— y, mientras duermo, mátame, porque no te puedo responder. Óyeme: estoy atada como un infeliz animal a su estaca; me asombra haber conseguido tender un puente sobre el abismo que nos separa. Embriágame y luego mátame. Ay, no, no —dijo juntando las manos—. ¡No me mates! ¡Me gusta vivir! ¡La vida es tan hermosa para mí! Soy esclava, pero también soy reina. Podría embaucarte con palabras, decirte que solo te amo a ti, probártelo, aprovecharme de mi momentáneo imperio para decirte: «Tómame como se disfruta, al pasar, del aroma de una flor en el jardín de un rey». Luego, tras haber desplegado la astuta elocuencia de la mujer y las alas del placer, tras haber calmado mi sed, podría mandar que te arrojasen a un pozo en donde nadie te hallaría y que se construyó para satisfacer la venganza sin tener que temer la de la justicia, un pozo lleno de cal que se prendería para consumirte, sin que encontrasen ni una parcela de tu ser. Te quedarías en mi corazón, mío para siempre.

Henri miró a la muchacha sin temblar, y aquella mirada libre de temor la colmó de alegría.

—¡No, no lo haré! Aquí no has caído en una trampa, sino en un corazón de mujer que te adora. Y a mí es a quien arrojarán al pozo.

—Encuentro todo esto prodigiosamente divertido —dijo De Marsay examinándola—. Pero me pareces una buena chica, con un carácter peculiar.

Por mi fe de hombre de bien que eres una charada de carne y hueso cuya solución me parece difícil de encontrar.

Paquita no entendió nada de lo que le decía el joven; lo miró con dulzura abriendo unos ojos en los que se pintaba tanta voluptuosidad que nunca podrían ser necios.

—Anda, amor mío —dijo ella volviendo a la primera idea—, ¿quieres complacerme?

—Haré cuanto quieras e incluso lo que no quieras —respondió riendo De Marsay, que recuperó su desenvoltura de fatuo al tomar la decisión de dejar que lo arrastrase el curso de la aventura sin mirar ni hacia atrás ni hacia delante. Quizá contaba además con su fuerza y su savoir faire de hombre de buenas fortunas para dominar pocas horas más tarde a aquella muchacha y enterarse de todos sus secretos.

—Bueno —dijo ella—, pues déjame arreglarte a mi manera.

—Ponme a gusto tuyo —dijo Henri.

Paquita fue alegremente a sacar de uno de los dos muebles un vestido de terciopelo rojo, con el que vistió a De Marsay; luego le puso en la cabeza un gorro de mujer y lo arropó en un chal. Mientras se entregaba a esas locuras, hechas con infantil inocencia, reía con risa convulsa y parecía un pájaro aleteando; pero no veía nada más allá.

Aunque es imposible describir las inauditas delicias que hallaron estas dos hermosas criaturas, que había hecho el cielo en un momento de regocijo, quizá sí es necesario traducir a términos metafísicos las impresiones extraordinarias y casi fantásticas del joven. Lo que mejor saben reconocer quienes se hallan en la situación social de De Marsay y viven como vivía él es la inocencia de una muchacha. Pero, ¡cosa extraña!, la muchacha de los ojos de oro era virgen, sí, pero, desde luego, no era inocente. La unión tan sorprendente de lo misterioso y lo real, de la sombra y de la luz, de lo horrible y de lo hermoso, del placer y del peligro, del paraíso y del infierno, que ya había aparecido en esta aventura, se prolongaba en el ser caprichoso y sublime a quien De Marsay dominaba a su gusto. Más allá de lo más sabido en voluptuosidad refinadísima, de cuanto pudiera saber Henri en lo tocante a la poesía de los sentidos a la que llamamos amor, llegaron los tesoros que desplegó aquella muchacha cuyos ojos como surtidores no incumplieron ninguna de las promesas que hacían. Fue un poema oriental en el que irradiaba el sol que Sadi y Hafez pusieron en sus saltarinas estrofas. Solo que ni el ritmo de Sadi ni el de Píndaro podrían expresar el éxtasis rebosante de confusión y el estupor que se adueñaron de aquella muchacha deliciosa cuando se disipó el error en que una mano de hierro la había hecho vivir.

—¡Muerta! —dijo—. ¡Estoy muerta! Adolphe, llévame al fin de la tierra, a una isla en donde nadie sepa que estamos. ¡Que nuestra huida no deje rastro! Nos seguirían hasta el infierno. ¡Dios! Ya llega el día. Vete corriendo. ¿Volveré a verte alguna vez? Sí, mañana, quiero volver a verte, aunque por esa dicha tuviera que matar a todos cuantos me custodian. Hasta mañana.

Lo estrechó en un abrazo en que estaba el terror de la muerte. Luego, apretó un resorte que debía de corresponder a una campanilla y suplicó a De Marsay que se dejase vendar los ojos.

—¿Y si ahora ya no quisiera? ¿Y si quisiera quedarme aquí?

—Serías causa de que muriera antes —dijo ella—. Porque ahora ya estoy segura de que moriré por ti.

Henri se sometió. En el hombre que acaba de saciarse de placer hay una pendiente que baja hacia el olvido, no se sabe bien qué ingratitud, un deseo de libertad, un capricho de salir a pasear, un toque de desprecio y quizá de asco por su ídolo; hay, en resumidas cuentas, inexplicables sentimientos que lo hacen infame e innoble. La certidumbre de ese afecto confuso, pero real en las almas a las que no ilumina esa luz celestial ni perfuma ese bálsamo santo de donde nos viene la pertinacia del sentimiento, fue sin duda lo que dictó a Rousseau las aventuras de lord Édouard con las que concluyen las cartas de La nueva Héloïse. Si bien está claro que Rousseau se inspiró en la obra de Richardson, no es menos cierto que se distanció de ella en mil detalles que dejan en ese monumento una maravillosa originalidad; se lo recomendó a la posteridad con elevadas ideas que es difícil inferir mediante el análisis cuando, durante la juventud, se lee esa obra con el propósito de hallar la cálida pintura del más físico de nuestros sentimientos, mientras que los escritores serios y los filósofos nunca usan las imágenes más que como consecuencia o necesidad de un dilatado pensamiento; y las aventuras de lord Édouard son una de las ideas más europeamente exquisitas de esa obra.

Se hallaba, pues, Henri bajo el imperio de ese sentimiento confuso del que nada sabe al amor verdadero. Hasta cierto punto eran necesarios la persuasiva sentencia de las comparaciones y el atractivo irresistible de los recuerdos para volverlo a llevar a una mujer. El amor verdadero impera sobre todo gracias a la memoria. ¿Puede acaso amarse a esa mujer que no ha quedado grabada en el alma ni por el exceso de placer ni por la fuerza del sentimiento? Sin saberlo Henri, Paquita se había afincado por esos dos medios. Pero en aquel momento en que no sentía sino el cansancio de la dicha, esa deliciosa melancolía del cuerpo, poco podía analizarse el corazón mientras recordaban los labios el sabor de las más vivas voluptuosidades que nunca hubiera desgranado. Se encontró, con las claras del alba, en el bulevar Montmartre, miró con ojos vacuos cómo escapaban el coche y los caballos, se sacó dos puros del bolsillo, encendió uno en el farol de una buena mujer que vendía aguardiente y café a los obreros, a los chiquillos de los huertanos, a toda esa población parisina que empieza a vivir antes de que amanezca; luego se fue, fumando el puro y con las manos metidas en los bolsillos del pantalón, con una despreocupación realmente poco honrosa.

«¡Qué cosa tan buena es un puro! De esto es de lo que un hombre no se cansará nunca», se dijo.

¡En aquella muchacha de los ojos de oro por la que andaba loca aquella temporada toda la juventud elegante de París casi ni pensaba! La idea de la muerte, que había mencionado ella entre placeres y había ensombrecido en varias ocasiones la frente de aquella beldad que tenía que ver, por su madre, con las huríes de Asia; con Europa, por su educación; con los trópicos, por su nacimiento, le parecía uno de esos engaños con los que todas las mujeres intentan hacerse las interesantes.

«Es de La Habana, del país más español del Nuevo Mundo; así que ha preferido fingir terror que pasarme por las narices sufrimientos, dificultades, coquetería o el deber, como hacen todas las parisinas. Juro por sus ojos de oro que me estoy cayendo de sueño.»

Vio un coche de punto parado en la esquina de Frascati, esperando a unos cuantos jugadores. Despertó al cochero, hizo que lo llevara a casa, se acostó y se durmió con el sueño de los granujas que, por una curiosa peculiaridad a la que aún no ha sacado partido ningún canzonetista, resulta ser tan profundo como el de la inocencia. Quizá se deba a un efecto de este refrán: Los extremos se tocan.

III

LA FUERZA DE LA SANGRE

A eso de las doce del mediodía, De Marsay se desperezó al despertarse y notó la acometida de una de esas hambres caninas que todos los soldados veteranos pueden recordar que sintieron al día siguiente de la victoria. Vio, pues, con agrado que allí estaba Paul de Manerville, pues, en esa circunstancia, no hay nada más agradable que comer acompañado.

—¿Y bien? —le dijo su amigo—. Estábamos pensando todos que te habías encerrado para diez días con la muchacha de los ojos de oro.

—¡La muchacha de los ojos de oro! Ya ni me acuerdo de ella. Tengo cosas mejores que hacer, a fe mía.

—Ajá, conque te haces el discreto.

—¿Por qué no? —dijo De Marsay riéndose—. Mi querido amigo, la discreción es el más hábil de los cálculos. Mira… Pero no, no te diré ni palabra. De ti nunca aprendo nada y no estoy dispuesto a regalarte, sin ganancia alguna, los tesoros de mi política. La vida es un río que sirve para comerciar. Por lo más sagrado que hay en el mundo, por los puros, juro que no soy un profesor de economía social puesta al alcance de los bobos. Almorcemos. Sale más barato darte una tortilla de atún que obsequiarte con mi cerebro.

—¿Tú echas cuentas con tus amigos?

—Querido —dijo Henri, que pocas veces se privaba de una ironía— como, no obstante, podría ocurrirte, como a cualquiera, que necesitases discreción y como te quiero mucho… sí, te quiero… Te doy mi palabra de honor de que si solo necesitases un billete de mil francos para no levantarte la tapa de los sesos, aquí lo encontrarías, porque por ahí todavía no hemos hipotecado nada, ¿verdad, Paul? Si mañana te batieses, mediría la distancia y cargaría las pistolas para que te matasen sin faltar a las normas. Y, por fin, si a cualquiera que no fuera yo se le ocurriera hablar mal de ti cuando tú no estuvieras presente, tendría que habérselas con ese caballero muy rudo que llevo dentro. Eso es lo que yo llamo una amistad a toda prueba. Bien, pues cuando necesites discreción, muchacho, has de saber que existen dos clases de discreción: discreción activa y discreción negativa. La discreción negativa es la de los tontos que recurren al silencio, a la negación, a la expresión enfurruñada, la discreción de las puertas cerradas, una impotencia auténtica. La discreción activa opera con afirmaciones. Si esta noche, en el Círculo, dijera: «¡Por mi fe de hombre de bien, la muchacha de los ojos de oro no vale lo que me ha costado!», cuando me fuera todo el mundo exclamaría: «¿Habéis oído al presumido ese de De Marsay que querría hacernos creer que ya ha conseguido a la muchacha de los ojos de oro? Lo hace para librarse de sus rivales. ¡Es muy hábil!». Pero una astucia así es vulgar y peligrosa. Por muy grande que sea la estupidez que soltemos, siempre habrá algunos bobos capaces de creérsela. La mejor discreción es esa a la que recurren las mujeres listas cuando quieren que no sospechen sus maridos. Consiste en comprometer a una mujer por la que no tenemos interés, o a la que no queremos, o que no hemos conseguido, para preservar el honor de aquella a la que queremos bastante para respetarla. Eso es lo que llamo la mujer-pantalla. Ah, aquí llega Laurent. ¿Qué nos traes?

—Ostras de Ostende, señor conde.

—Algún día sabrás, Paul, qué divertido es jugar con la gente hurtándole el secreto de nuestros afectos. Noto un placer inmenso al librarme de la estúpida jurisdicción de la masa, que nunca sabe ni lo que quiere ni lo que le hacen querer, que confunde los medios con los resultados, que tan pronto adora como maldice y tan pronto ensalza como destruye. Qué dicha imponerle emociones y que ella no nos haga sentir ninguna, domeñarla y no obedecerle nunca. Si de algo podemos sentirnos orgullosos, ¿no es acaso de un poder adquirido por nuestros propios medios, del que somos a un tiempo causa, efecto, principio y resultado? Pues bien, no hay hombre alguno que sepa a quién amo, ni lo que quiero. Es posible que se sepa a quién amé y lo que quise, de la misma forma que se conocen los dramas ya concluidos; pero ¿dejar que alguien me vea las cartas?... Debilidad... Engaño. No sé de nada más despreciable que la fuerza de la que se burla la maña. Me inicio, sin dejar de divertirme, en el oficio de embajador, y eso en el supuesto de que la diplomacia sea tan difícil como la vida. Que lo dudo. ¿Eres ambicioso? ¿Quieres llegar a algo?

—Pero, Henri, no me tomes el pelo. Como si no fuera lo bastante mediocre para llegar a todo.

—¡Bien, Paul! Si sigues burlándote de ti mismo, pronto podrás burlarte de todo el mundo.

Tras almorzar, De Marsay empezó, cuando llegó al puro, a ver los acontecimientos de la noche con una luz muy singular. Como les sucede a muchas mentes preclaras, su perspicacia no era espontánea; no calaba de inmediato en el fondo de las cosas. Como todos los caracteres dotados con la facultad de vivir mucho en el presente, de sacarle el jugo, como quien dice, y de devorarlo, su visión segunda precisaba de algo así como el sueño para identificarse con las causas. Así era el cardenal de Richelieu, lo que no excluía en él ese don de prever lo necesario para concebir las cosas grandes. Contaba De Marsay con todos esos requisitos, pero no utilizó al principio sus armas sino en provecho de sus goces, y no llegó a ser uno de los políticos de más calado de estos tiempos hasta que no se saturó de los placeres en los que piensa de entrada un joven cuando cuenta con el oro y con el poder. Así se endurece el hombre: desgasta a la mujer, para que la mujer no pueda desgastarlo. En aquel momento, pues, se dio cuenta De Marsay de que había sido juguete de la muchacha de los ojos de oro al ver, en conjunto, aquella noche cuyos placeres no habían manado sino gradualmente para acabar por derramarse de forma torrencial. Pudo entonces leer en aquella página, de efecto tan brillante, e intuir su sentido oculto. La inocencia meramente física de Paquita, su pasmado júbilo, algunas palabras, oscuras al principio y claras ahora, que se le habían escapado en medio de aquel júbilo, todo le demostró que había ejercido de amante en lugar de otra persona. Como no le era desconocida ninguna de las corrupciones sociales y sentía completa indiferencia por todos los caprichos y los tenía por justificados, por el hecho mismo de que era posible satisfacerlos, no lo escandalizó el vicio; lo conocía como se conoce a un amigo, pero se sintió herido por haberle servido de sustento. Si sus presunciones eran atinadas, lo habían ultrajado en lo más sensible de su ser. Bastó con esa sospecha para que se enfureciera y soltó el rugido de un tigre del que se hubiera burlado una gacela, el grito de un tigre que sumaba a la fuerza del animal la inteligencia del demonio.

—Pero ¿qué te pasa? —le dijo Paul.

—¡Nada!

—No querría yo, si te preguntasen si tenías algo contra mí, que contestases con un nada como ése, porque seguro que teníamos que batirnos al día siguiente.

—Yo ya no me bato —dijo De Marsay.

—Eso me parece más trágico aún. ¿Asesinas?

—Estás disfrazando las palabras. Ejecuto.

—Querido amigo —dijo Paul—, esta mañana tienes unas bromas muy negras.

—¿Qué quieres? La voluptuosidad lleva a la ferocidad. ¿Por qué? Lo ignoro; y no soy lo suficientemente curioso para indagar la causa. Estos puros son estupendos. Sírvele té a tu amigo. ¿Sabes, Paul, que llevo una vida embrutecida? Va siendo hora de buscar un destino, de emplear las fuerzas en algo que merezca la pena vivir. La vida es una comedia singular. Estoy asustado; me río de la inconsecuencia de nuestro orden social. El gobierno les corta la cabeza a unos pobres infelices que han matado a un hombre y da patente a unos seres que liquidan cada invierno, en el ámbito de la medicina, a una docena de jóvenes. La ética está inerme contra una docena de vicios que destruyen la sociedad y que nada puede castigar. ¿Otra taza? Palabra de honor de que el hombre es un bufón que baila a la orilla de un precipicio. Nos hablan de la inmoralidad de Las relaciones peligrosas y de no sé qué otro libro que tiene nombre de doncella de servicio; pero existe un libro horrible, sucio, espantoso, corruptor, siempre abierto, que nunca cerrará nadie, el gran libro del mundo, por no mencionar otro libro mil veces más peligroso, que se compone de todo lo que se dice al oído entre hombres o tras el abanico entre mujeres, por la noche, en el baile.

—Henri, no cabe duda de que te está pasando algo extraordinario y se nota pese a tu discreción activa.

—¡Sí! Mira, tengo que despachar el tiempo hasta esta noche. Vamos a jugar. A lo mejor tengo la dicha de perder.

De Marsay se levantó, cogió un puñado de billetes de banco, los enrolló dentro de la petaca, se vistió y aprovechó el coche de Paul para ir al Círculo de los Forasteros en donde, hasta la hora de la cena, consumió el tiempo en esas emocionantes alternativas de pérdida y ganancia que son el último recurso de las constituciones fuertes cuando no les queda más remedio que actuar en vacío. Por la noche, volvió al punto de cita y se dejó de buen grado vendar los ojos. Luego, con esa firme voluntad que solo los hombres realmente fuertes tienen la facultad de concentrar, puso atención y aplicó la inteligencia en adivinar por qué calles pasaba el coche. Tuvo algo así como una certidumbre de que lo llevaban por la calle de Saint-Lazare y se detenían en la puertecita del jardín de la mansión San Real. Cuando cruzó, como la vez anterior, esa puerta y lo pusieron en unas angarillas, que, sin duda, llevaban el mulato y el cochero, comprendió, al oír crujir la arena bajo los pies, por qué tomaban precauciones tan minuciosas. Habría podido, si hubiese estado en libertad, o si hubiera ido caminando, cortar la rama de un arbusto, mirar qué tipo de arena se le había quedado pegada a las botas; mientras que, si lo transportaban por los aires, como quien dice, hasta un palacete inaccesible, su buena fortuna tenía que ser por fuerza lo que había sido hasta entonces: un sueño. Pero, para mayor desesperación del hombre, solo puede hacer cosas imperfectas, ya sea para bien, ya para mal. Todas sus obras intelectuales o físicas llevan el sello de la destrucción. Había llovido un poco, la tierra estaba húmeda. Por la noche hay aromas vegetales mucho más fuertes que durante el día. Henri notó, pues, el perfume de la reseda al recorrer el paseo por el que lo llevaban. Aquel indicio había de iluminarlo en las investigaciones que se prometía hacer para localizar la mansión en que se hallaba el gabinete de Paquita. Se fijó de la misma forma en los rodeos que los porteadores dieron por la casa y creyó poder recordarlos. Se vio, igual que la víspera, en la otomana y ante Paquita, que le estaba desatando la venda; pero la vio pálida y cambiada. Había llorado. Arrodillada como un ángel orante, pero como un ángel triste y hondamente melancólico, la pobre muchacha no tenía ya nada que ver con el curioso, con el impaciente, con el saltarín ser que había subido a De Marsay a sus alas para transportarlo al séptimo cielo del amor. Había algo tan auténtico en aquella desesperación que el placer velaba que el terrible De Marsay notó en su fuero interno admiración por aquella nueva obra maestra de la naturaleza y olvidó momentáneamente el interés principal de aquella cita.

—Pero ¿qué te sucede, Paquita mía?

—Querido —dijo ella—, sácame de aquí esta misma noche. Méteme en algún sitio donde no puedan decir, al verme: «Ésta es Paquita»; donde nadie conteste: «Hay aquí una muchacha de ojos dorados y pelo largo». En ese sitio te daré cuantos placeres desees recibir de mí. Luego, cuando ya no me ames, no diré nada y no deberás sentir remordimiento alguno si me abandonas, pues un día pasado a tu lado, un día nada más, durante el que te habré estado mirando, habrá sido para mí lo mismo que una vida entera. Pero, si me quedo aquí, estoy perdida.

—No puedo irme de París, niña —contestó Henri—. No soy mi propio dueño; me une un juramento a la suerte de varias personas que son mías de la misma forma que yo soy de ellas. Pero puedo prepararte en París un asilo al que no llegará ningún poder humano.

—No —dijo ella—; te olvidas del poder femenino.

Nunca frase pronunciada por una voz humana expresó de forma más absoluta el terror.

—¿Quién podría llegar hasta ti si me interpongo entre tú y el mundo?

—¡El veneno! —dijo ella—. Ya sospecha de ti doña Concha. Y —añadió, dejando correr las lágrimas, que le brillaron al bajar por las mejillas— es muy fácil darse cuenta de que ya no soy la misma. Pues, bien, si me abandonas a la ira del monstruo que me devorará, hágase tu santa voluntad. Pero ven, que en nuestro amor estén todas las voluptuosidades de la vida. Además, suplicaré, lloraré, gritaré, me defenderé, quizá me salve.

—Pero ¿a quién implorarás? —dijo él.

—¡Silencio! —siguió diciendo Paquita—. Si consigo gracia, quizá sea merced a mi discreción.

—Dame mi vestido —dijo insidiosamente Henri.

—No, no —respondió ella con vehemencia—, sigue siendo lo que eres, uno de esos ángeles que me habían enseñado a aborrecer y en quienes no veía sino monstruos, siendo así que sois lo más hermoso bajo la capa del cielo —dijo, acariciándole el pelo a Henri—. No sabes lo estúpida que soy. No he aprendido nada. Llevo desde los doce años encerrada, sin haber visto a nadie. No sé ni leer ni escribir, solo hablo inglés y español.

—¿Y cómo recibes entonces cartas de Londres?

—¿Mis cartas? ¡Mira, éstas son! —dijo ella, yendo a sacar unos cuantos papeles de un alto jarrón japonés.

Le alargó a De Marsay unas cartas en las que el joven vio con sorpresa unas curiosas figuras semejantes a las de los juegos jeroglíficos, trazadas con sangre y que eran la expresión de frases apasionadísimas.

—Pero —exclamó él, admirando aquellos dibujos jeroglíficos fruto de unos hábiles celos— estás bajo el imperio de un genio infernal.

—Infernal —repitió ella.

—Pero ¿cómo pudiste salir…?

—Ah —dijo ella—. De ahí viene mi pérdida. Coloqué a doña Concha entre el temor de una muerte inmediata o de una ira futura. Sentía una curiosidad demoníaca, quería romper el círculo de bronce que habían trazado entre la creación y yo; quería ver cómo eran los jóvenes, pues no conozco más hombres que al marqués y a Christemio. Nuestro cochero y el lacayo que nos acompaña son unos ancianos.

—Pero ¿no estarías siempre encerrada? Tu salud exigía…

—Ah —repuso ella—, paseábamos, pero de noche y por el campo, a orillas del Sena, lejos de la gente.

—¿No te enorgulleces de que te amen así?

—No —dijo ella—. ¡Ya no! Aunque colmada, esta vida oculta no es sino tinieblas si la comparamos con la luz.

—¿A qué llamas la luz?

—¡A ti, mi hermoso Adolphe, a ti, por quien daría la vida! ¡Todas las cosas apasionadas que me han dicho y que inspiraba, las siento por ti! Hubo momentos en que no entendía nada de la existencia, pero ahora sé cómo nos amamos; y, hasta ahora, solo me amaban, yo no amaba. Lo dejaría todo por ti; llévame contigo. Si así lo quieres, tómame como un juguete, pero déjame estar a tu lado hasta que me rompas.

—¿No lo lamentarás?

—Ni por un momento —dijo, dejando leer en sus ojos, cuyo tono de oro siguió puro y claro.

«¿Es a mí a quien prefiere?», se dijo Henri para sus adentros. Y, aunque vislumbraba la verdad, se hallaba entonces dispuesto a perdonar la ofensa en favor de aquel amor tan ingenuo. «En fin, ya veré más adelante», pensó.

Aunque Paquita no le debía en absoluto cuentas del pasado, desde el punto de vista de Henri el mínimo recuerdo era un crimen. Tuvo, pues, las tristes fuerzas de conservar un pensamiento propio, de juzgar a su amante, de estudiarla al tiempo que se entregaba con abandono a los placeres más estimulantes que nunca ideara ninguna Peri, bajada de los cielos, para su amado. Era como si a Paquita la hubieran creado para el amor, con un mimo especial de la naturaleza. De una noche a otra, su genialidad femenina había hecho los progresos más veloces. Por mucho que fuera el vigor del joven, por mucha que fuera su despreocupación en materia de placeres, pese a la saciedad de la víspera, halló en la muchacha de los ojos de oro ese harén que sabe crear la mujer amante a la que un hombre no renuncia jamás. Paquita respondía a esa pasión por el infinito que sienten todos los hombres grandes de verdad, esa pasión misteriosa que de forma tan dramática se expresa en Fausto, que de forma tan poética se traduce en Manfred, y que movía a don Juan a rebuscar en el corazón de las mujeres, con la esperanza de hallar en él ese pensamiento sin límites en cuya búsqueda parten tantos cazadores de espectros, que los sabios creen entrever en la ciencia, y que los místicos no hallan sino en Dios. La esperanza de poseer por fin al Ser ideal, con el que la lucha podía ser constante sin ser fatigosa, arrobó a De Marsay, quien, por primera vez desde hacía mucho, abrió el corazón. Relajó los nervios, se derritió su frialdad en el ambiente de aquella alma ardorosa, salieron volando sus doctrinas tajantes, y la dicha le coloreó la existencia, tal y como estaba coloreado aquel gabinete blanco y rosa. Al sentir el aguijón de una voluntad superior, se dejó arrastrar más allá de los límites en que había encerrado la pasión hasta entonces. No quiso que lo superase aquella muchacha a quien un amor artificial, como quien dice, había formado de antemano para las necesidades de su alma; y halló entonces en esa vanidad que impele al hombre a ser vencedor en todo fuerzas para domeñar a aquella muchacha; pero también, proyectado más allá de esa línea en que el alma es dueña de sí misma, se perdió por el limbo delicioso que el vulgo llama de forma tan necia los espacios imaginarios. Fue tierno, bondadoso y comunicativo. Volvió a Paquita casi loca.

—¿Y por qué no nos vamos a Sorrento, a Niza, a Chiavari, a pasar así toda la vida? ¿Quieres? —le decía a Paquita con voz penetrante.

—Pero ¿qué necesidad tienes de preguntarme si quiero? —exclamó ella—. ¿Tengo voluntad acaso? Solo soy algo externo a ti para ser un placer para ti. Si quieres escoger un retiro digno de nosotros, Asia es la única comarca en que el amor pueda extender las alas…

—Tienes razón —siguió diciendo Henri—. Vámonos a las Indias, donde la primavera es eterna, donde la tierra no da nunca sino flores, donde el hombre puede desplegar el boato de los soberanos sin que se critique como sucede en los necios países en que se quiere implantar la ramplona quimera de la igualdad. Vamos a esa región en que se vive entre multitud de esclavos, en que el sol ilumina siempre un palacio que no deja de ser blanco, en que se siembran perfumes en el aire, en que los pájaros cantan el amor y donde morimos cuando ya no podemos amar…

—¡Y donde se muere juntos! —dijo Paquita—. Pero no nos vayamos mañana, vámonos ahora mismo; nos llevaremos a Christemio.

—A fe mía que el placer es el más hermoso desenlace de la vida. Vamos a Asia; pero, para irnos, niña, necesitamos mucho oro; y, para tener oro, hay que arreglar los asuntos.

Paquita no entendía esos pensamientos.

—¡Oro hay aquí en montones así de altos! —dijo levantando la mano.

—No es mío.

—¿Y qué más da? —siguió diciendo ella—. Si lo necesitamos, vamos a cogerlo.

—No te pertenece.

—¿Pertenecer? —repitió ella—. ¿Acaso no me has tomado tú? Cuando lo hayamos cogido, nos pertenecerá.

Él se echó a reír.

—¡Pobre inocente! No sabes nada de las cosas de este mundo.

—No, pero esto sí lo sé —exclamó ella atrayendo a Henri sobre su cuerpo.

En el preciso momento en que De Marsay se estaba olvidando de todo y concebía el deseo de adueñarse para siempre de aquella mujer, le asestaron, en medido de su alegría, una puñalada que, por primera vez, le atravesó de parte a parte el corazón mortificado. Paquita, que lo había alzado vigorosamente en vilo como para contemplarlo, exclamó: «¡Ay, chiquilla!».

—¡Chiquilla! —exclamó el joven, con un rugido—. Ahora sé todo aquello de lo que aún quería dudar.

Se abalanzó hacia el mueble en el que se guardaba el puñal. Felizmente para ella y para él, el armario estaba cerrado. Con aquel obstáculo, le creció la rabia; pero recobró la calma, fue a buscar la corbata y se acercó a ella con expresión tan ferozmente significativa que, sin saber de qué crimen era culpable, Paquita entendió que le tocaba morir. Fue entonces, de un solo salto, hasta el extremo de la habitación para evitar la lazada fatal que De Marsay quería colocarle alrededor del cuello. Hubo una lucha. Por ambas partes, la flexibilidad, la agilidad, el vigor fueron parejos. Para concluir la pelea, Paquita le tiró a las piernas a su amante un almohadón que lo hizo caer y aprovechó la tregua para apretar el muelle que ponía en marcha una alarma. Apareció de repente el mulato. En un abrir y cerrar de ojos, Christemio saltó sobre De Marsay, lo tiró al suelo, le puso un pie en el pecho con el talón apuntando a la garganta. De Marsay comprendió que, si se resistía, bastaría con una señal de Paquita para que lo aplastara al instante.

—¿Por qué querías matarme, amor mío? —le dijo ella.

De Marsay no respondió.

—¿En qué te he disgustado? —le dijo ella—. Habla. Vamos a aclararlo.

Henri siguió con la actitud flemática del hombre fuerte que se sabe vencido: porte frío, callado, muy inglés, que anunciaba la conciencia de su dignidad con una resignación momentánea. Por lo demás, ya se le había ocurrido, pese a la ira, que no era prudente comprometerse ante la justicia por matar a aquella muchacha de improviso y sin haber preparado el crimen para tener la seguridad de quedar impune.

—Amado mío —siguió diciendo Paquita—, háblame; ¡no me dejes sin un adiós de amor! No querría guardar en el corazón el espanto que acabas de imprimir en él. ¿Vas a hablar o no? —dijo dando una rabiosa patada en el suelo.

De Marsay le respondió con una mirada que quería decir de forma tan clara morirás que Paquita se abalanzó hacia él.

—Bien está. ¿Quieres matarme? ¡Si mi muerte puede ser de tu agrado, mátame!

Le hizo una seña a Christemio, que le quitó el pie de encima al joven y se fue, sin que se le notase en la cara si tenía buena o mala opinión de Paquita.

—¡Ése es un hombre! —dijo De Marsay, señalando al mulato con sombrío ademán—. No hay más devoción que la devoción que obedece a la amistad sin juzgarla. Tienes en ese hombre a un amigo verdadero.

—Te lo daré si quieres —respondió ella—; te servirá con la misma devoción que siente por mí si se lo pido.

Esperó una palabra de respuesta y añadió con acento rebosante de ternura:

—Adolphe, dime una palabra amable. Pronto va a ser de día.

Henri no respondió. Aquel joven tenía una triste virtud, pues se considera que es una cosa grande todo cuanto se asemeja a la fuerza y los hombres divinizan con frecuencia algunas extravagancias. Henri no sabía perdonar. Saber dar marcha atrás, que es por descontado una de las finuras del alma, era para él un contrasentido. Su padre le había transmitido la ferocidad de los hombres del Norte, que tiñe en gran medida la sangre inglesa. Eran tan inquebrantables sus buenos sentimientos como los malos. La exclamación de Paquita había sido para él tanto más horrorosa cuanto que lo había destronado del triunfo más dulce que nunca hubiera hecho crecer su vanidad de hombre. Se habían exaltado en él la esperanza, el amor y todos los sentimientos, todo se le había incendiado en el corazón y en la inteligencia; luego, un viento frío había apagado esas antorchas encendidas para iluminarle la vida. Paquita, estupefacta, solo tuvo, en su dolor, fuerza para dar la señal de la partida.

—Esto ya no vale para nada —dijo, tirando la venda—. Si ya no me quiere, si me odia, todo ha terminado.

Esperó una mirada, no la obtuvo y se desplomó medio muerta. El mulato le lanzó a Henri una ojeada tan tremendamente significativa que hizo estremecerse por primera vez en la vida a aquel joven a quien nadie negaba el don de una infrecuente intrepidez: «Si no la quieres bien, si le das el menor disgusto, te mataré». Eso era lo que quería decir aquella rápida mirada. Llevó a De Marsay con atenciones casi serviles por un corredor al que daban luz unas ventanas condenadas y, al cabo del cual, salió por una puerta secreta a una escalera disimulada que llevaba al jardín de la mansión San Real. El mulato lo hizo caminar con precaución por un paseo de tilos que desembocaba en una puerta pequeña que daba a una calle desierta en esos momentos. De Marsay se fijó bien en todo; el coche lo estaba esperando; esta vez, el mulato no lo acompañó; y, en el momento en que De Marsay sacó la cabeza por la ventanilla para ver de nuevo los jardines y el palacete, se topó con los ojos blancos de Christemio, con quien cruzó una mirada. Fue una provocación mutua, un desafío, el anuncio de una guerra de salvajes, de un duelo donde no tenían cabida las pautas ordinarias, en donde la traición y la perfidia eran medios lícitos. Christemio sabía que Henri había jurado matar a Paquita. Henri sabía que Christemio quería matarlo antes de que él matase a Paquita. Ambos se entendieron a las mil maravillas.

«La aventura se está complicando de forma bastante interesante», se dijo Henri.

—¿Dónde va el señor? —preguntó el cochero.

Henri le mandó que lo llevase a casa de Paul de Manerville.

Durante más de una semana, Henri faltó de su casa, sin que nadie pudiera saber ni lo que hizo en ese tiempo ni en qué sitio estuvo. Este retiro lo libró de la furia del mulato y acarreó la pérdida de la pobre criatura que había puesto toda la esperanza en aquel a quien amaba como nunca ser humano amó en la tierra. El último día de esa semana, alrededor de las once de la noche, Henri llegó en coche a la puertecita del jardín de la mansión San Real. Lo acompañaban tres hombres. Estaba claro que el cochero era amigo suyo, porque se irguió en el pescante como hombre que, atento centinela, quiere oír el menor ruido. Uno de los otros tres se quedó por fuera de la puerta, en la calle; el segundo, de pie en el jardín, apoyado en la tapia; el último, que llevaba en la mano un manojo de llaves, acompañó a De Marsay.

—Henri —le dijo su acompañante—, nos han vendido.

—¿Quién, mi buen Ferragus?

—No duermen todos —respondió el jefe de los Devorantes—; por fuerza alguien de la casa ni ha comido ni ha bebido. Mira, fíjate en esa luz.

—Tenemos los planos de la casa. ¿De dónde viene?

—No necesito plano para saberlo —respondió Ferragus—; viene del dormitorio de la marquesa.

—Ah —exclamó De Marsay—. Seguramente habrá llegado hoy de

Londres. ¡Había esta mujer de quitarme incluso mi venganza! Pero, si se me ha adelantado, mi querido Gratien, la entregaremos a la justicia.

—¡Escucha! Ya está el asunto rematado —dijo Ferragus.

Ambos amigos prestaron oído y les llegaron unos gritos débiles que habrían enternecido a unos tigres.

—A esa marquesa tuya no se le ha ocurrido que los ruidos saldrían por el tubo de la chimenea —dijo el jefe de los Devorantes con risa de crítico encantado de haber descubierto un fallo en una obra bien hecha.

—Solo nosotros sabemos preverlo todo —dijo Henri—. Espérame, quiero ir a ver qué está pasando ahí arriba para estar al tanto de la forma en que solventan sus riñas domésticas. En nombre de Dios, me parece que la está asando a fuego lento.

De Marsay subió ágilmente la escalera que ya conocía y reconoció el camino del gabinete. Al abrir la puerta, sintió el escalofrío involuntario que le causa ver sangre derramada al hombre más decidido. El espectáculo que se le brindó a la vista le dio, por cierto, más de un motivo de asombro. La marquesa era mujer y había calculado su venganza con esa perfección en la perfidia característica de los animales débiles. Había disimulado la ira para estar segura del crimen antes de castigarlo.

—¡Demasiado tarde, amado mío! —dijo la moribunda Paquita cuyos ojos pálidos se volvieron hacia De Marsay.

La muchacha de los ojos de oro expiraba sumergida en sangre. Que estuvieran todas las antorchas encendidas, que se notase un perfume exquisito y reinara cierto desorden en donde la mirada del hombre de buenas fortunas no podía por menos de reconocer locuras que comparten todas las pasiones, proclamaba que la marquesa había interrogado hábilmente a la culpable. Aquel aposento blanco en donde tanto destacaba la sangre, revelaba un prolongado combate. Las manos de Paquita habían dejado huella en los almohadones. Se había aferrado a la vida por doquier, se había defendido por doquier, y por doquier la habían herido. Con las manos ensangrentadas, habían luchado sin duda durante mucho rato, había arrancado jirones enteros del cortinaje acanalado. Paquita debía de haber pretendido trepar hasta el techo. Se veían las marcas de los pies desnudos por el respaldo del diván, por encima del cual había corrido sin duda. Aquel cuerpo que su verdugo había deshecho a puñaladas decía de qué forma encarnizada había peleado por una vida que tan cara le hacía la existencia de Henri. Yacía en el suelo y, al morir, le había mordido los músculos del empeine a la señora de San Real, que aún llevaba el puñal chorreando sangre en la mano. La marquesa tenía el pelo arrancado, estaba cubierta de mordiscos, algunos de los cuales sangraban, y el vestido desgarrado la mostraba casi desnuda y con los pechos arañados. Estaba sublime. El rostro ávido y furioso aspiraba el olor de la sangre. La boca jadeante seguía entreabierta y no le bastaban para respirar las ventanas de la nariz. Hay animales enfurecidos que se arrojan sobre el enemigo, lo matan y, sosegados con la victoria, parecen haberlo olvidado todo. Otros dan vueltas alrededor de la víctima y la custodian, por temor a que vengan a arrebatársela y, semejantes al Aquiles de Homero, dan nueve veces la vuelta a Troya arrastrando al enemigo por los pies. Así era la marquesa. No vio a Henri. Para empezar, tenía tan completa seguridad de estar sola que no temía que hubiera testigos; y, además, estaba demasiado ebria de sangre caliente, demasiado enardecida por el combate, demasiado exaltada para fijarse en París entero si París hubiera formado un circo a su alrededor. No habría notado caer el rayo. Ni siquiera había oído el último suspiro de Paquita y pensaba que la muerta podía oírla aún.

—¡Muere sin confesión! —le decía—. Ve al infierno, monstruo de ingratitud y no seas ya sino del demonio. ¡Tu sangre me debes por la que a él le has dado! Muere, muere, padece mil muertes, he sido demasiado bondadosa, te he matado en un momento; habría querido que padecieras todos los dolores cuyo legado me dejas. ¡Yo voy a vivir! Y viviré desgraciada. ¡Me veo reducida a no amar ya sino a Dios!

La contempló.

—Está muerta —se dijo, tras una pausa, volviendo en sí con violencia—. ¡Muerta! ¡Ay, voy a morirme de dolor!

La marquesa quiso arrojarse sobre el diván, bajo el agobio de una desesperación que la dejaba sin voz. Y ese ademán le permitió entonces ver a Henri de Marsay.

—¿Quién eres tú? —le dijo corriendo hacia él con el puñal en alto.

Henri le detuvo el brazo y pudieron así ambos mirarse cara a cara. Una espantosa sorpresa hizo que les corriera a los dos por las venas una sangre helada; y les temblaron las piernas como a caballos asustados. Pues, efectivamente, no habrían sido más parecidos entre sí dos Menecmos. Dijeron a un tiempo la misma frase:

—Su padre debe de ser lord Dudley.

Y ambos asintieron con la cabeza.

—Era fiel a la sangre —dijo Henri, señalando a Paquita.

—Tenía tan poca culpa como puede tenerse —añadió Margarita Eufemia Porraberil, que se abalanzó sobre el cuerpo de Paquita lanzando gritos de desesperación—. Pobre niña. ¡Ay! Querría reanimarte. He hecho mal, perdóname. ¡Paquita! Has muerto. ¡Y yo estoy viva! La más desdichada soy yo.

En aquel momento apareció el horrible rostro de la madre de Paquita.

—Vas a decirme que no me la vendiste para que la matase —exclamó la marquesa—. Ya sé por qué sales de tu cubil. Te la pagaré dos veces. Calla.

Fue a coger una bolsa de oro del mueble de ébano y la arrojó con desdén a los pies de la anciana. El sonido del oro consiguió trazar una sonrisa en la inmóvil fisonomía de la georgiana.

—Llego a tiempo para ayudarte, hermana mía —dijo Henri—. La justicia te reclamará…

—Nada —respondió la marquesa—. Solo una persona podía pedir cuentas de esta muchacha. Y Christemio ha muerto.

—¿Y esta madre —preguntó Henri, señalando a la vieja— no te exigirá dinero ya siempre?

—Es de un país donde las mujeres no son seres, sino cosas con las que se hace lo que se quiere, se venden, se compran, se matan, es decir, que se usan para los caprichos de la misma forma que usáis aquí los muebles. Por lo demás, tiene una pasión ante la que capitulan todas las demás y que habría destruido por completo el amor materno si hubiera querido a su hija, una pasión…

—¿Cuál? —dijo con presteza Henri, interrumpiendo a su hermana.

—¡El juego, del que te guarde Dios! —le respondió la marquesa.

—Pero ¿quién te va a ayudar —dijo Henri, señalando a la muchacha de los ojos de oro— para quitar todos los rastros de esta extravagancia que la justicia no te toleraría?

—Tengo a su madre —respondió la marquesa, señalando a la vieja georgiana, a quien hizo una señal para que no se fuera.

—Volveremos a vernos —dijo Henri, que pensaba en lo preocupados que debían de estar sus amigos y sentía necesidad de irse.

—No, hermano mío —dijo ella—. No volveremos a vernos nunca. Me voy a España a ingresar en el convento de los Dolores.

—Eres aún demasiado joven y demasiado hermosa —dijo Henri tomándola entre los brazos y dándole un beso.

—Adiós —dijo ella—. No hay consuelo para la pérdida de lo que nos pareció el infinito.

Ocho días después, Paul de Manerville se encontró con De Marsay en Les Tuileries, en la terraza de Les Feuillants.

—Bueno, ¿y qué ha sido de nuestra hermosa muchacha de los ojos de oro, grandísimo bribón?

—Ha muerto.

—¿De qué?

—Del pecho.